U0108170

刻

半七捕物帳

岡本綺堂

遠流

目次

代序

就職那時——寫於花甲紀念祝賀會前

岡本綺堂

要我寫有關花甲紀念祝賀會文章，其實我甚麼也沒做——那我就說些初就職時的事情吧。

明治❖二十三年正月，虛歲十九時，我進入報社。那時候的銀座大街聚集了很多報社。

剛入社時是編輯見習生，餘暇時也負責校正。往昔的新聞記者是晝夜兼職，像我們這種打雜的，往往自早上九點做到夜晚十點。二十三年入社那年，帝國議會成立（十一月二十五日），當時跟現在不一樣，有時會議開到夜晚。八、九點會議結束後才開始編輯，因此會拖到深夜一兩點。每天持續。不過我本來就認為報社很忙，工作時間是普通的數倍，若是現在可能引起勞動問題，但當時我一點也不在意。

還好週日休息，可以鬆口氣。可是新手連週日都不能休息。報社有值班的需要，但沒人願意，我們這種新手只好到報社值班。因沒事做，不是跟工友下棋，就是天氣好時在銀座散步。雖說有「無報日」，但我們新手完全沒休息日。

當年七月一日至三日，第一議會首次舉行大選，五日開始選舉。因不取締違反選舉法的人，到處可見打架、吵架，問題很嚴重。一票五圓籠絡有選舉權的人，或送對方千圓的柴魚，那時買票是無罪的。

八月首次通電話。有趣的是聽電話的人笨拙，打電話的人也笨拙，加上機器也不好，真的很難聽清楚。大家都不願意接電話，硬要我們新手接。其中最麻煩的是前往蠣殼町❖的人，打電話來通知前盤行情時。即便把一錢聽成十錢，事情也會很糟糕，這點令人受不了。

為何進報社？我們這種文學青年都窮，首先必須考慮生活問題。當時沒雜誌社，連博文館都還未成立。對我們這種人來說，除了報社，沒其他工作可做。

明治二十五年十月，我第一次在京橋東仲町通往三十間堀的狹巷內，租了一棟房子。是二十一歲那時，一樓是二、六、二蓆三個房間，二樓是六蓆房，房租二圓六十五錢。房東住在越前堀，起初房租是二圓七十五錢。我跟房東交

❖**明治二十三年**：一八九〇年。

❖**蠣殼町**：米穀交易所，現中央區日本橋蠣殼町一丁目十二番。

涉，要求他降至二圓五十錢，結果只便宜十錢。為房租交涉，我說降價十錢，對方說不降，這不是很有趣？

當時銀座後巷幾乎沒商店，都是普通住家。因此仲街很寂靜，都住些職員或通勤掌櫃、姨太太、三弦師傅。現在變化很多。

因是單身漢，僱了個下女，又由於沒商店，商人來叫賣時不趁早買的話，就買不到。平日購物都過河到木挽町。

我記得大根河岸——五郎兵衛町，有棟以前醫生住過的空屋。那房子很好，但房租四圓五十錢，太貴，因此放棄，那時物價是——二十五年一圓可買白米一斗二升，二十七至二十八年中日戰爭時變成八升，大家都說「戰爭真可怕，白米變八升」。

當時銀座很暗嗎？仲街有屋簷油燈，不會很暗。說暗，二十三年左右，議會結束，天黑後回元園町住居時，自銀座過數寄屋橋到三宅坂，一路直至半藏門都沒任何燈火。只有櫻田門旁派出所有一盞油燈，雨天時實在傷腦筋。七、八點時護城河旁也沒人在走路，真的很暗。

四歲那年冬天，我家自飯田町搬到元園町，現今老家仍在，我則離家住到下町。目前雖又回來了。那飯田町租屋，據說本為旗本舊宅邸，是有名的鬼宅，住了約一年，因近鄰火災而燒燬。

曾有一時搬到遠方，出入我家的酒店小學徒來時，問下女「沒發生任何事嗎」，但下女不知情。我母親聽到了，問小學徒為何這樣問，才知道之前住的房子是鬼屋。大概我們都不知情，才沒發生任何事吧。

說起來人生六十年，曾發生很多事。

〈讀賣新聞文藝欄〉一九三二年十月十四日～十七日

妖狐傳

通往刑場的鈴之森大道有妖狐作祟，
不是火球迎面擲來，便是路人遭毆打昏迷。
妖狐傳說愈演愈烈，幾經調查，
線索都指向停泊海面的兩艘黑船……

一

〈大森雞〉的故事講完後，半七老人仍不停歇。看來他今晚興致特別高，又繼續講下去。

「剛剛說的大森雞和鈴之森凶殺案……在同一舞台，還有其他事件。你就順便聽下去好了。你也知道，江戶時代的鈴之森是刑場，是十字架刑和梟首示眾名所。江戶一些惡徒都說『我不能死在榻榻米上。要在三尺木架高空，放眼遠眺安房上總❖死去』，真會說大話。在鈴之森受刑的人雖很多，但其中最有名的應該是丸橋忠彌❖、八百屋阿七❖、平井權八❖吧。這些人都是戲劇中的熟面孔。

「當時的東海道自品川開始，其次是鮫洲、濱川，而從鮫洲到八幡神❖那一帶都是農家和漁民町，之後直至大森便已無人家，另一面是大海，可放眼遠眺安房上總，當時人們稱這條通往刑場的路為『鈴之森大道』。走到大道盡頭、穿過刑場前，便是大森入口，白天倒還好，夜晚卻是個令人心裡發毛的場所。在戲

❖**上總**：千葉縣。

❖**丸橋忠彌**：寶藏院流長槍術高手，參與由比正雪的謀反，一六五一年被捕，在鈴之森被處以十字架刑。

❖**平井權八**：鳥取縣某藩士長男，殺了辱父的藩士，逃到江戶，和吉原妓女小紫相好，多次強盜殺人，一六七九年在鈴之森被處以十字架刑，梟首示眾。

❖**八百屋阿七**：因想和心愛人見面故意縱火，一六八三年在鈴之森被處以火刑。

❖**八幡神**：東京大田區磐井神社，這一帶正是鈴之森。

劇中，幡❖隨院長兵衛和權八正是在這裡邂逅，權八稱對方是『江❖戶聞名的花戶川』時，觀客高興得喝采，但真正的鈴之森並不是那種值得喝采的地方。

「畢竟是那種場所，大家都說天一黑，大道會出現強盜，或路經刑場前時，高掛示眾的首級會笑甚麼的，總之有很多壞謠傳。可這條路是東海道主要道路，

❖**幡隨院長兵衛**：專門和旗本惡棍作對的町人俠客，三十六歲時被殺。

❖**江戶聞名的花戶川**：花戶川在淺草那一帶，長兵衛住的地方。

無論如何都得通過這裡。最近因可以搭火車通過，不知現在變成怎樣，但當時大道途中有一棵古松，也不知誰先說的，大家都叫『八百屋阿七瞪視松』。聽說阿七在鈴之森受火刑前，乘馬遊街示眾通過這裡時，瞪了那松樹。雖不知她為何瞪視，總之就因這樣而俗稱『瞪視松』。

「我再囉唆一下，畢竟是那種場所，又有這種傳說松樹長在那兒，所以那松樹附近總是騷然不安，很容易成為強盜、殺人或上吊的舞台。

「我每次講故事開場白都很長，真抱歉，但不先說明以上的事，我想現代人可能很難理解……好了，就說明到這裡，開始講正文吧。」

❖

安政六年春天至夏天，鈴之森大道據說會出現壞狐精。還有人煞有介事說是停泊品川港的異國黑船放的。總之，聽說那狐精會做各種惡作劇，誆騙來往行人。本就是騷然不安的場所，現在又多了個壞謠言，令膽小過路人心驚膽戰。

四月二十八日夜晚五刻（八點）過後，有個今年二十二，名叫巳之助的年輕男子路過這騷然場所。芝田町有家小飯館叫小伊勢。巳之助是老闆的長男，到大森造訪親戚，正踏上歸途。當時那場所有種種不祥謠傳，親戚勸他今晚留下過夜，但巳之助卻因年輕氣盛且喝了幾杯酒，不顧親戚挽留告辭了。

那晚雖沒月光，星眼卻很明亮。巳之助晃著燈籠來到大道時，看見瞪視松附近有個朦朧人影。他暗吃一驚高舉燈籠，原來是個臉上裹著白手巾的女子。這時刻在此地徘徊的女子——難道是謠傳中的狐精？他正打算挨近看清對方時，女子竟快步朝他走來。

「哎呀，你不是巳之先生嗎？」

「啊？誰？是誰？」

「果然是巳之先生。是我呀。」

在燈籠亮光映照下，巳之助看清卸下手巾的女子白皙臉龐，嚇一跳。

「咦，阿系？為甚麼在這兒發呆？」

「就算覺得麻煩也請帶我一起走吧。我邊走邊說……」

女子是巳之助相熟的妓女，品川宿驛一家叫若狹屋妓院裡的阿系。賣身的女子溜出妓院在此時此地亂逛，一定有特殊理由。巳之助和對方一起邊走邊問。

「私奔嗎？對方是誰？」

「我真傻，竟上了那種人的當……」阿系不甘心地說：「巳之先生，對不起，

❖安政六年：一八五九。

女に化けた狐

請原諒我。」

巳之助和阿系感情算還不錯。可女子竟瞞著巳之助，打算跟其他男人私奔。這樣女方再如何道歉，男方也會生氣。

「沒必要道歉。既然妳有私定終身的對象，跟我這種人走一起反倒不好吧。妳最好待在這兒繼續等那人。我先走了。」

拋下女子，巳之助大踏步往前，阿系追上來抓住男子袖子。

「我這不是在賠罪了？巳之先生，聽我說明嘛……」

「不管，不管。我才不會一直上狐精的當。」

口中說出狐精後，巳之助突然想到某事。這女子也許真是狐精。說不定妖狐化身阿系想誆騙自己。這可不能大意，他當下起了戒心。

「巳之先生，要我怎樣賠罪都行，你先聽我說個大概好不好？巳之先生……」

不知是否多心，邊說邊挨近的女子臉龐，看上去竟是沒五官的白皙平板臉，巳之助嚇了一跳。他半失神地拋出燈籠，雙手欲絞住女子脖子。

「你幹甚麼？哎呀，殺人啊……」

巳之助按住想推開他的女子，用力絞住對方喉嚨，女子就此無力攤倒。

「這傢伙太小看人了！活該！再怎麼說我也是江戶仔，不是那種會被妖狐或狸精要弄的渾小子！」

燈籠拋出時燭火滅了，所以沒燒掉。藉著海面亮光拾起來，卻無法點上火，巳之助就這麼提著燈籠欲跨出腳步，不知為何他竟呆立原地，默不作聲倒下。

即便再冷清，畢竟是東海道，平日天黑後也會有不知狐精謠言的旅人路過此地，但湊巧今晚沒人經過。兩個時辰後，巳之助才清醒過來，原來他遭人正面毆打而昏倒。好不容易爬起來在黑暗中四處摸索，燈籠就落在附近。再確認懷中，錢夾也平安無事。

「阿系怎麼了？」

藉著星眼和海面亮光，巳之助環視四周，不見女子身姿。是毆打自己那人抬走女子？還是她主動消失？巳之助判斷不出。首先，毆打自己那人到底是誰？若是強盜，應該奪走懷中錢夾才離去，但巳之助身上的東西均沒事。一想到阿系果然是狐精化身，是她的同類向自己復仇，巳之助便突然膽怯起來，全身冒起雞皮疙瘩。如此一來恐懼就佔了優勢，巳之助慌忙逃離現場。

穿過鈴之森大道，來到濱川時，巳之助又是昏頭轉向，無法繼續走路。那附近有家同是小飯館的丸子，巳之助深夜裡敲門投靠，當晚在那兒過夜。昨晚似乎被打得很厲害，天亮後頭仍很痛。甚至發燒而無法起床。

店舖丸子裡的人也擔憂地請來醫生。並遣人前往芝去通知巳之助家人。巳之助因發高燒，夢囈般大喊：

「狐精來了……狐精來了！」

不知詳情的四周人們心裡發毛。認為巳之助一定是深夜路過鈴之森，被近來謠傳的妖狐附身了。小伊勢不好意思給同業添麻煩，便派來一頂轎子，把病人巳之助接回去，但回到老家後，他仍開口閉口喊著「狐精」。在這種場合下，應該先到品川確認那個叫阿系的女子是否平安做事，但巳之助始終沒說出，小伊勢舖子也就沒人察覺。

五六天過後，巳之助逐漸退燒，可以喝些粥之類的食物了。這時他才講出當夜發生的事，雙親遣人去問品川若狹屋，得知與巳之助相熟的阿系平安無事在工作，也沒發生甚麼私奔的事。

「那，果然是狐精了？」

如此，鈴之森又多了個怪談。

二

巳之助事件發生約十天，京都織品商人逢坂屋傳兵衛，帶著夥計和下人，三人路過鈴之森。本來預計在川崎一帶住宿，隔天早上進江戶，但想到江戶就近在眼前，就決定不住旅館。走快點的話，四刻（十點）過後即可進江戶，於是一行三人不嫌夜路地一直前進。他們不知道狐精謠傳，加上又是三個男人作伴，所以滿不在乎地來到大道，今晚是陰天暗夜，海浪聲聽來比平日更可怕。

傳兵衛四十一歲，之前曾兩度往返京都與江戶，已熟悉路途。也知道鈴之森是荒涼地區。他一邊聊著這地方有刑場云云，一邊走過來，在黑暗中見到一棵高大松樹。傳兵衛也不知這正是瞪視松，不經心用燈籠照看時，三人當下大吃一驚。因他們發現那兒有個怪物。

「哇，是天狗……」

三人沒掉頭，卻往前奔逃。他們看到滿臉通紅，有個高大鼻子的天狗。天狗瞪著道路，口吐火焰。三人都是京都人，孩提時代便聽過鞍馬山或愛宕山的天狗傳說，更是駭怕。所謂魂飛魄散，說的正是這等事，三人如字面上那般連滾帶爬，正跑得上氣不接下氣的當兒，傳兵衛跘到石子，猛地撞到側腹而昏倒。夥計和下男更是嚇一跳，把神智不清的主人扛在肩上，好不容易才逃到鮫洲町內。

這下根本顧不及進江戶。他們把主人抬進附近旅館照料，所幸傳兵衛甦醒過來。聽完他們的經歷，旅館人說：

「那一帶不可能出現天狗。是謠傳中那狐精化為天狗，嚇唬你們。」

這邊是三個大男人，早知是狐精的話，應該擊倒對方讓其現形，但事到如今逞強

說這些也沒用，不過又多了個怪談話題而已。狐精化為女子，又化為天狗，接下來到底會化為甚麼？膽小者益發惴惴不安。

鈴之森狐精的謠傳一傳十，十傳百，傳遍整個江戶。五月中旬，半七前往八丁堀同心熊谷八十八宅子時，熊谷笑著說：

「喂，半七，你聽說了沒？鈴之森出現妖狐了。」

「謠言都那樣說。」

「你要不要去被狐精騙一次？如果是被品川白◆狐騙了，那還有道理，鈴之森狐精就有點想不通。」

「那一帶有農地，也有許多森林和山丘，住著狐或狸一點也不奇怪，只是之前從未聽過牠們使壞。」半七歪著頭。「總之，我去被騙一下吧？」

「反正郡代那邊遲早會來關切，先調查一下也好。謠傳說，那狐精似乎會化為各種玩意兒。也許過不久又會化為忠◆信或葛◆葉。這樣騷擾人心不太好。要是偏僻鄉下地方，狐精要變身，或狸子要拿肚皮當鼓敲，全都無所謂，但在東海道入口傳出這種謠言就不妙了。還是早日去獵狐比較好。」

「明白了。」

熊谷當然不信這些怪談，似乎認為是某人的惡作劇。半七的推測也差不多，只是半七認為就一般惡作劇來說，手法過於周密。

回到三河町自家，半七立即喚來手下松吉。

「喂，松仔，你跟庄太幫我解決大森雞和鈴之森凶殺案時，是七八年前吧。」

「是的，大概是嘉永那時候。」松吉回答。

半七翻閱自己的筆記簿。

「果然不錯，你記憶力很好。是嘉永四年春天。那個鈴之森，又發生需要你幫忙的事……」

「是狐精嗎？」松吉笑道：「我也覺得很怪。」

「正是那狐精。既然熊谷大爺囑咐，也沒法繼續笑了。必須查出那狐精的真面目，你們有沒啥線索？」

「目前沒有，但我會儘快著手。」

松吉答應後離去，第二天傍晚他又來半七家，向半七一一報告他在鈴之森打聽來的材料。

「這事聽說始於三月初。漁夫町有個年輕人喝醉路過鈴之森，黑暗中碰見個怪

❖**白狐**：妓女之意。

❖**忠信**：歌舞伎《義經千株櫻》第四幕出現的狐。

❖**葛葉**：傳說是生下安倍晴明的母狐。

女子。他似乎是仗著酒意調戲了女子。結果，接連飛來幾個紅火球，落在年輕男子的臉和手足上，嚇得男子大叫奔逃。這謠言正是序幕，之後就傳出各式各樣的怪談。」

田町小飯館小伊勢的兒子巳之助遭人毆打，京都逢坂屋傳兵衛一行人被天狗嚇倒，其他還有濱川漁夫被搶走鮮魚，大森茶館女子被剪了頭髮，某人遭誆騙而被拉進田地，某人遇見幽靈昏倒，某人被搔抓臉頰……等等，松吉列出約十件事後，才歇口氣。

「再仔細查下去，可能還有其他，但大抵都是類似事件，其中也有捏造的胡說八道，所以就適可而止回來。最有看頭的是小伊勢兒子那件，叫阿系的女子根本沒私奔，還滿不在乎繼續在若狹屋做事，這不是很有趣？」

「嗯，」半七想了一下。「應該是認錯人了。」

「可是，那女子跟巳之助談過話。不僅談話還走在一起……」

「那也應該是認錯人了。女子不是若狹屋阿系。」

「是嗎？」松吉有點無法信服。

「不過，總不可能是狐精。話雖如此，毆打巳之助的到底是誰？」半七又想了一下。「還有，嚇倒京都一行人的是天狗吧。這也不可能是戴面具。」

「聽說三個大男人都提著燈籠，如果對方戴面具，再膽小也應該看得出……」

「雖然有理，但世上有很多不合理的事。這樣吧，我也去走走看。明天早上，你跟我一起動身。」

隔天早上是所謂的五月晴天，江戶上空晴朗得萬里無雲。早上六刻半（七點）左右，松吉來找半七，兩人一起出門。

「動身前要到小伊勢一趟嗎？」松吉問。

「完事後再去盤問遭狐精誆騙的傢伙。我們直接到濱川。」

路過品川來到濱川，店名叫丸子的小飯館就在眼前。正是小伊勢的巳之助於夜晚逃進來那家。半七到小飯館去細問當夜情況。向對方表示接下來要巡視鈴之森一圈後，兩人離開小飯館，外面五月中旬的白天陽光很熱。

「東海道不吹風砂雖好，但沒風時就相當熱。」半七頗覺眩目似地仰望天空。

順著海邊抵達鈴之森大道，兩人先在那棵瞪視松附近駐足。今天海面平靜地發亮，白水鳥群在低空飛翔。

「就這一帶吧。」

半七擦拭額上汗珠，環視四周。松吉也環視四周。兩人蹲下抽菸，不久，半七砰一聲清了清菸管，菸頭火球卻掉下來滾到松樹後，打算抽第二管菸而追趕菸頭火球時，半七在草叢中發現某物。立即拾起仔細觀看，當下笑出了出來。

「早該有人察覺了，這一帶的人也真粗心大意。難怪被狐精誆騙。松仔，你看這個。」

「甚麼東西？好像是菸草……」松吉也湊臉探看。

「不是好像，正是菸草。這是洋人吸的一種紙捲菸頭。我聽到天狗那事時，也浮出這想法……喂，松仔，你再看看那邊。」

菸管指向品川海面，上個月起就停泊一艘英國船和一艘美國船，看上去像大鯨。松吉馬上明白紙菸主人是那兩艘船的船員之一。

「原來如此，頭子說得沒錯。那麼，是洋人們到這兒惡作劇？」

「也許吧。」

「雖不知是誰起頭的，這樣一來，品川黑船放出妖狐的謠傳就不是胡說了。」

松吉眺望海面說：「臭洋鬼子竟搞這種惡作劇。可是，如果真是洋人幹的，我們也不能隨便出手，有點麻煩。」

「就算是洋人，也不可能有耐性幹這種惡作劇，裡頭一定有原因。」

把紙菸頭擱在手掌，半七又想了一會兒。

三

半七和松吉暫且離開鈴之森，回到濱川丸子小飯館，店裡的人正等他們回來，馬上領兩人到二樓榻榻米房。因事前已先吩咐，酒菜也馬上送來了。

「松仔，問這裡的人大概也不知道，但小伊勢那個叫巳之的兒子，在瞪視松遇見女子阿系時，那女子到底是啥打扮？總不可能像戲劇中的私奔妓女那樣，穿著輕薄便服，腳蹬厚底草鞋，披著隨風飄動的手巾吧……」

「這個啊，」松吉擱下酒杯說：「不問巳之助本人不會知道。可是，頭子，真的是認錯人嗎？」

「事實勝於雄辯，那個叫阿系的女子，不是平安無事在若狹屋做事嗎？」

「話雖這樣說……」

說到此，女侍剛好登上二樓，半七邊讓女侍斟酒邊問：

「品川海面那艘黑船的船員，會不會上岸到這兒來？」

「會，偶爾二三人一起來，在這附近觀光閒逛。」

「來這兒喝酒嗎？」

「不來我們這兒，但聽說時常到鮫洲坂井屋玩。川崎屋拒絕洋人進門，但坂井屋無所謂讓他們進去喝酒。聽說洋人都很有錢，也不知他們在哪裡換錢，每次都嘩啦嘩啦給很多兩分金或一分銀，景氣好得很。」女侍以半帶嫉妒半帶嘲笑的口吻說。

「現在是甚麼都向錢看的社會。當今這時代，洋人也好船員也好，有錢就是客人，賺飽了再說。」松吉笑道。

「也許吧。」女侍也笑出來。

「那家坂井屋有沒有個叫阿系的女子？」半七突然問。

「阿系……以前有。」

「現在不在了？」

「是的，上個月月底失蹤……聽說不知跟人私奔去哪裡……」

半七和松吉互望一眼。

「坂井屋會讓洋人留宿嗎？」半七又問。

「不讓他們留宿。坂井屋不是旅館……再說洋人們嚴定回船時刻，時刻一到，大家都匆匆離去……聽說喝得再醉也會走，乾脆得令人佩服。」

「既然出手那麼大方，剛剛也說過了，現在是向錢看的社會，有沒有女子跟那些洋人有染？」

「這倒不太清楚。就算出手再大方，也不可能跟洋人……」女侍又笑道：「沒人願意跟他們發生關係。」

「頂多給他們握個手吧。」松吉也笑道：「這樣若能拿一分二分小費，就太好賺了。」

「呵呵呵……」

女侍起身去換酒瓶。目送女侍背影，松吉竊竊私語。

「原來如此，頭子真犀利。原來錯認了坂井屋阿系。」

「大概吧。看來那個阿系跟黑船船員有了關係，兩人逃跑了。」

「把對方看成自己的老相好，巳之助那傢伙一定很粗心。」

「那傢伙雖粗心，女子也很粗心。不，等等。這裡頭可能有啥理由。」

女侍再度上樓，半七又問她。

「喂，大姐，跟人私奔的阿系，有沒有情郎？」

「我不太清楚，但跟鄰居伊之先生……」

「伊之先生……是叫伊之助嗎？」

「是的。是門窗鋪的兒子……之前傳出她跟伊之先生有古怪，可伊之先生依舊在家工作，不可能跟阿系一起私奔。」

「阿系住在哪裡？」

「不知道。」

不知是真不知道，還是知道卻不肯說，女侍不再多說，半七只得暫且中止打聽。而且目前已得知坂井屋阿系被誤認為若狹屋的阿系，並把小伊勢的巳之助和門窗鋪的伊之助搞錯，把伊之先生聽錯成巳之先生。當然雙方都很粗心，但本來就是在陰暗處認錯人，雙方名字又都一樣，才會錯上加錯。女子臉龐看上去像沒五官，可能是巳之助的錯覺。

京都商人說在瞪視松遇見天狗，一定是看到黑船船員。從口中噴出火焰，大概是紙捲菸的煙霧。想到此，半七和松吉都暗自覺得好笑。

兩人適度地停止喝酒，吃著有點遲了的午飯時，一對看似商人夫婦的男女和一個年輕男子，三人登上二樓。二樓是寬敞榻榻米房混坐方式，只在各處擱著小屏風，所以能看見後來客人的長相，也可清晰聽到談話聲。三人向女侍點了菜，邊抽菸邊談話。

「真是嚇一跳。就是那樣才必須萬事小心呀。」看似妻子的女人說。

「真的嚇了一跳。世間竟有那種事，實在可怕。」看似丈夫的男人也說。

「藤先生還年輕，不小心不行。」女人又說。

接著逐漸聽這三人的談話，才知道芝那邊一家兌換舖前似乎發生某事。半七使個眼色，松吉隔著屏風向對方搭話。

「對不起，請問一下，芝那邊發生甚麼事嗎？」

「是的。」年輕男子答：「我們跟事件無關，只是路過看到而已，那實在是個壞傢伙。」

「壞傢伙……到底怎麼了？」松吉又問。

「那個啊，先生，」男人將屏風稍微移開，轉過身來。「芝的田町有家叫三島的兌換舖，來了個二十歲左右的年輕男子，說要用一兩金幣兌換一分金幣和零錢，舖子的人在算錢時，又來了個女人，冷不防抓住那男子說：你這傢伙，又偷出家裡的錢想做甚麼？對不起父母兄弟也該有個程度。這麼好玩的話就自己去賺，絕不能拿父母兄弟一分錢，快把錢還我！說完，那女人拉倒年輕男子，奪走他手中金幣，迅速離去。兌換舖的人和路人看到這光景，都當是世間常見的例子，以為放蕩兒子偷出家裡的錢，他母親還叔母來追討回去，每個人都這樣想而繼續圍觀，但倒地的男子始終不爬起，疑惑地扶起他後，才發現昏過去了。結果，吵吵鬧鬧搶救，男子總算甦醒過來，仔細詢問，男子竟表示他根本不認識抓住自己大罵的女人，那女人故意那樣說而搶走他的一兩金幣。她先說些斥責放蕩兒子的話，讓四周人失去警惕，再滿不在乎地在大白天的鬧區舖子前行搶，明明是個女人，膽子不是很大？」

「果然是個壞傢伙。」松吉點頭。「不過，對方明明是女人，那年輕男子為甚麼老實給她錢？」

「這點也很怪，聽說那女人拉倒男子時，用力抓住男子頸部的脈門，所以他痛得說不出話，而且側腹又挨了一拳，才會昏倒。又聽說她動作非常迅速，所以

兩替屋

圍觀者也沒察覺，大家都說那一定不是普通女人。」

「是嗎？碰到那種女人，大抵男人都敵不過吧。」

松吉故意皺著眉。

「因那場騷動，兌換舖前人山人海……」這回換老婆說：「那舖子事後也察覺一件事，說大約十天前傍晚，有個女人來兌換外國錢。舖子說，那女人好像跟今天那女人是同一個，只是上次是傍晚來，四周昏暗，沒看清女人的臉。」

半七和松吉彼此互望。兩人雙眼炯炯發光。

四

走出丸子飯館，半七和松吉分道揚鑣。

「那就拜託你了。」半七小聲說：「你到坂井屋調查那個叫阿系的女子。還有門窗舖那個伊之助也拜託你了。我必須到芝那邊的兌換舖調查那女人。聽說那女人有外國錢，這點很可疑。」

鮫洲方面的調查交給松吉包辦，半七自品川筆直折回芝方向。到田町那家三島兌換舖問過後，事件果然如三人所說那般。被搶走一兩金幣的年輕男子，雖同樣住在芝，卻是神明前一家繪草紙❖舖的放蕩兒子，在辦事處對他百般審問後，他坦白供出自己偷了家裡的錢。如此一來，那女人也並非全是胡扯。辦事處人員說，會遭遇這種災難八成是老天替雙親給予責罰，狠狠教訓一頓後才讓他回家。半七聽了覺得既可笑又可憐。

「還有，聽說有個女人來這兒兌換外國錢，是真的？」

「大概十天前傍晚來過。只是我們不兌換外國錢，所以拒絕了。」舖子人說。

「那女人是今天那女人？」

「這不太清楚……上次來時是傍晚，拒絕後她馬上離去，所以不太記得長相。今天那女人年約三十七八，膚色淺黑，眼神凌厲。總覺得有點相似，但沒確鑿證據，也不能說甚麼。」

「我想那女人不會再到同一家舖子，不過要是來了，你們馬上通知辦事處。」

吩咐了舖子裡的人，半七又前往愛宕下的藪湯澡堂。藪湯是老婆在經營，丈夫熊藏是半七手下。因此熊藏通稱「澡堂熊」，又別號「吹牛熊」，這事以前曾

❖**繪草紙**：以圖繪為主的小說，多為短篇通俗小說。

絵草紙屋
錦繪草
竹取物語
豐國画
小野小町
京山作
豐國画

介紹過了。去找澡堂熊，他剛好在澡堂，帶半七到二樓。

「湊巧沒客人來。」

把二樓女侍趕到樓下，兩人相對而坐。

「頭子，有甚麼公事嗎？」

「阿此最近在幹啥？」

「阿此……是那個有前科的？」

「是的。在片門前築巢那個。」

「明明是女人，竟穿起草鞋從甲府到郡內晃蕩，之後又跑到相州的厚木一帶，去年秋天回江戶來了。」

「你倒滿清楚的。不會又是那個吹牛熊吧？」

「不，您放心。我也是幹這行的，掌握得住前科犯的往來。那傢伙，又幹了甚麼嗎？」

「總覺得是阿此。老實說，今天中午前，她在田町一家兌換舖幹了壞事。」

半七說明三島屋那事，熊藏瞪大眼睛。

「一定是她，是那傢伙。阿此這傢伙，以前也幹過同樣手法的事。聽說她最近在鮫洲茶館進進出出，難道闖進田町來了？要是跑到我地盤附近，絕不放過她。頭子，我不是想搶先松仔一步，但這事請給我包辦。我保證一定解決。」

「阿此在鮫洲茶館嗎？」半七想了一下。「那茶館是不是叫坂井屋？」

「我沒查那麼清楚……反正可以馬上查出。」

「這也沒啥好爭前搶後的。松仔人已經在鮫洲。」

「那不行。要是他到處亂打聽，我很難辦事。那失陪了，我也要馬上出門。」

性急的熊藏匆匆換了衣服飛奔出門。熊藏之妻端茶過來，聊了二三家常後，半七也跟著出門。接下來只能等松吉和熊藏的報告，他繞到八丁堀，再度前往熊谷八十八大爺宅子，熊谷已從奉行所回來。

「喔，辛苦了。有點眉目了嗎？」

「還不到可以報告的程度，但已有點線索。」

聽著今天調查結果，熊谷頻頻點頭，聽到三島屋的事時，他益發熱心細聽。

「這麼說來，也有人到三島屋去換錢了？半七，其實有人到奉行所報案。」

前天及昨天，有人拿外國錢在日本橋兩家、京橋一家大型兌換舖換錢。總計十二三兩，事後一檢查，才知三分之二是偽幣。最初遞出真錢給舖子看，讓舖子失去警覺，之後再遞出混有偽幣的錢。也就是說真貨偽幣混用，但不消說，這也犯了偽幣使用罪。使用偽幣是十字架刺死重罪，審問也非常嚴厲。既然去換錢的都是個三十七八歲的女人，絕對跟三島屋那女人是同一人。熊谷說，這樣一來，妖狐的調查便是其次，偽幣使用者的搜查比較重要。

「據說那女人自稱受黑船洋人之託來換錢。」熊谷又補充說明：「是洋鬼子用偽

❖**甲府**：山梨縣中部。
❖**郡內**：山梨縣東部。
❖**相州**：神奈川縣。

幣，女人不知情拿來換？還是女人本身使用偽幣？我本來也無法明確判斷，可看她在三島屋行搶，這女人肯定相當壞，一定是明知一切而幹的好事。我忘了阿此這前科犯是怎樣的人，你要是有線索，快把她抓來。」

「明白了。」

半七答應後告辭回家。事件變得更複雜。而且半七判斷這些案子似乎是同一系統。他認為只要探查到根源，這些接連湧出的事件自然會順利解決，因此他專心靜待熊藏和松吉回來報告。

隔天早朝，熊藏先回來。松吉也隨後回來。綜合兩人的報告，前科犯阿此回到江戶，住在濱川一家鹹米果舖二樓。她提著裝有梳妝品之類的箱子，在品川妓院區巡迴做生意。也繞到濱川、鮫洲茶館，以茶館女侍為對象做生意。舖子忙碌時，有時也會去幫女侍的忙。因此據說她雖過著獨身生活，但手頭充裕，打扮也清爽整潔。

「聽說阿此有時會前往江戶，到日本橋批發商採購梳妝商品。」熊藏說：「她昨天早上也去江戶，三島屋那案子肯定是她幹的。」

「接下來是坂井屋阿系那件，」換松吉說：「阿系似乎在上個月二十八日傍晚，行蹤不明。審問門窗舖兒子伊之助後，那傢伙明明是職人，卻很窩囊，一個勁兒地緊張，問不出個所以然，雖然我狠狠恐嚇一番他才招認，但果然跟阿系有染。當事人自以為是個好情郎，阿系卻瞞著他失蹤，結果好情郎面子盡失，精神恍惚……笑死人了。雖不知阿系的對象是誰，但大家都說可能遭黑船船員拐騙被拉上船。小伊勢巳之助誤認她是狐精而絞住阿系咽喉時，從黑暗處出來毆打巳之助的傢伙，也許正是那船員。這樣一來，我這邊也沒線索了，這下完全沒轍……頭子，該怎麼辦才好？」

「阿此似乎也到鮫洲茶館幫忙，她應該也在坂井屋出入吧？」半七問熊藏。

「豈止出入而已，大批黑船洋人聚在坂井屋揮金如土，阿此根本不顧自己的生意，聽說最近幾乎每天都窩在那邊。」熊藏答。

「那麼，她跟阿系應該很熟。」半七說：「阿此大概也跟阿系的私奔有關吧？」

「有可能。總之，要不要先抓阿此？」

「反正熊谷大爺也指示了。抓一個女人沒必要去太多人手，不過萬一出錯，讓她遠走高飛，會挨大爺斥責。我也一起去吧。」

所幸今天也是晴天。三人一起離開神田半七家。

五

三人進入品川宿驛，在路上遇見個三十歲左右的男人。那男人一看就知是妓院皮條客。他向熊藏打招呼。

「今天也來了？」

「嗯，跟頭子一起。」

聽到頭子也一起，他立即端整姿勢向半七頷首致意。根據熊藏介紹，他在不二屋做事，名叫權七，阿此住在濱川的情報正是由他提供。半七也對他頷首。

「聽說你提供了好情報。萬事拜託了。」

「沒幫上甚麼忙……」權七又行禮。「阿此剛剛經過這裡。大概到江戶去吧。」

「是嗎？」

半七有點失望。阿此今天或許又到江戶工作。可是也不能就此徒勞而歸，跟權七分手後，三人前往濱川。

「阿此不在就傷腦筋了。」熊藏邊走邊說。

「算了。我有我的想法。」半七回說：「門窗舖伊之助住在哪裡？帶我過去。」

「是。」

松吉走在前方，離那家丸子小飯館不遠，看到一家小門窗舖。據松吉說明，父親和助因為中風在家無所事事，工作都讓兒子伊之助和一名小學徒包辦。當然從舖子格局來看，頂多做些修補租賃屋舍的工作。從外面探看，可見伊之助跟小學徒在刨廉價的格子門。松吉開口：

「喂，伊之，頭子有事找你。是三河町半七頭子。你快出來。」

「是、是。」伊之助撥開刨花出來。他昨天被松吉恐嚇過，今天看到頭子親自出馬，似乎更膽怯。

「在這裡不便談話，你跟我到附近。」

讓松吉和熊藏在舖內等，半七只帶伊之助出去。走過五六家舖子有條窄巷，右轉進去便是農地，路邊豎立著庚申石像❖。一棵高大楓樹像遮住石像般，形成恰好樹蔭，半七在此駐足。

「直話直說，你完全不知坂井屋阿系行蹤嗎？」

❖**庚申石像**：庚申年是六十年一次，這一年會在馬路十字路口或寺院院子建立庚申塚，是一種民間信仰。

「不知道。」伊之助垂頭回答。

「阿系看起來跟到坂井屋玩的洋人有親密關係嗎？」

「有眾多洋人到坂井屋，但我不知道阿系有沒有與誰相好。」

「你不是被洋人搶走自己的女人？」

伊之助默不作聲。

「你認識到坂井屋幫忙的女人阿此吧？」

「認識。」

半七聽出伊之助聲音有點顫抖。

「那女人也認識洋人吧？」

「這我就不知道了。」

「阿此和阿系交情好嗎？」

「不知道。」

「是不是阿此約阿系出去？」

「我想應該不是……」

「喂，伊之，你抬臉看看。」

「啊？」

「你在明亮地方讓我看看你的正面。我幫你看相……」

伊之助依舊垂著頭，沒立即抬臉。半七伸手扶住他下巴，硬讓他抬起臉。

「喂，別隱瞞。你跟阿此有染吧？阿此比你年長又是個前科犯。讓那種女人看上絕沒好事。阿此約出阿系，是把她賣了還是殺了？你給我說清楚。」

伊之助縮著身子，啞巴般默不作聲。

「快說。老實說出的話，我會請上頭手下留情。阿此使用偽幣被捕，已全部招供了。你若因不知她被逮而繼續隱瞞，小心你也受連累。難道你想被視為使用偽幣的同類，在這鈴之森受十字架刑嗎？不要為了對女人守情義，而讓病人父親流淚。你這個不孝子。」

伊之助面色蒼白，雙眼拉線般流出白色眼淚。

「快說！」半七話如連珠炮：「不只阿此招供，料事如神的我也看出你的面相了！你聽好，你跟坂井屋阿系是老相好。但又從旁出現阿此，被那傢伙纏住。阿此比你年長且是個壞傢伙，所以企圖讓礙眼的阿系遠離你。一定是這樣。」

半七抓住伊之助手腕，推了一把，伊之助差點跌倒。半七沉默半响瞪著他。

這時，巷口衝進一個女人。熊藏和松吉在她身後追趕。半七馬上明白女人是阿此，迅速擋在她面前，前後遭包夾的阿此從腰帶內取出剃刀，拚命亂揮。甚至被半七打落剃刀後又打算逃進麥田，半七抓住她腰帶扯回來，熊藏和松吉趕過來按住她。

「在這兒沒法做事。把她帶到品川。」半七領先跨開腳步。

兩個手下催促男人與女人往前走。阿此臉上流著汗。伊之助臉上則流著淚。

「若是戲劇，在此便敲一下梆子，劇終。」半七老人說：「阿此這傢伙非常嘴硬，很難對付，但伊之助沒骨氣，他那邊逐漸招供，老狐精終於露出尾巴。」

「老狐精……那狐騷動都是阿此幹的？」我問。

「這正是謎題……我先說明阿此這女人。這娘兒們住在芝的片門前，年輕時在神明的射靶場當過拾箭女侍❖，也當過人家的小老婆，本來就不是個好東西，有時在澡堂脫衣場行竊，有時順手牽羊，有時當扒手，幹了不少壞事，明明是個女人，竟成為得在身上入墨❖做記號的前科犯，在甲州和相州兩地四處流蕩，最後再回江戶。前面也說過，她提著梳妝物箱子叫賣，或到鄰近茶館幫忙，本來

❖**拾箭女侍**：射靶場是可以射箭賭取金錢的地方，而在此處服務的「矢場女」是公然娼妓。

❖**入墨**：在犯罪者身上刺青標示，視罪名與判刑地點，所刺部位不同，圖案也各有意義。

矢場
揚弓
揚弓

平安渡日，但終究不是個安份女子。阿此當年三十八，若適時找個丈夫，正派過日子就好了，不知何時竟跟近鄰門窗舖的兒子伊之助有染……伊之助二十一歲，兩人年齡相差如母子，但阿此這種女人就喜歡把年輕男子當玩具。可伊之助已和坂井屋阿系相好。阿系不但年輕，又出落得漂亮，阿此就設法讓她遠離伊之助，打算獨佔男人，就在阿此暗自磨尖獠牙時，外國軍艦來到品川，英國一艘，美國一艘，都在港口抛下船錨。

「幕府已經打算開港，不用擔心會發生戰爭。水兵也登陸到處觀光。因不准擅自進入江戶市內，他們都以高輪的關門為界，在品川、鮫洲、大森一帶玩。也有人到品川妓院參觀，不過當時妓院都不接外國客。料理舖也大多拒絕他們進去。只是鮫洲坂井屋不在意，讓外國人喝酒用餐，所以世間風聲雖不太好，舖子生意卻很好。對方是船員，而且萬里迢迢來到日本，出手自然大方。坂井屋以這些外國人為對象，肯定賺了不少錢。而招待他們的眾女侍也賺了不少。

「坂井屋雖然堅決否認，但女侍中也有人跟船員發生關係。阿系便是跟一個叫喬治的男人搭上了。去幫忙的阿此從中牽線，最初當然各自是為財為色，但也不知是啥因緣，最後阿系跟喬治竟變得難分難捨。阿此又巧妙慫恿雙方，騙阿系說喬治是大富翁，阿系更認真起來。當時大家對外國諸事都不熟，很多人以為外國人都很有錢，難怪阿系會確信不疑。

「可喬治是軍艦船員，不能擅自登陸。結果因愛上阿系而上陸了。我對當時的事不太清楚，但恐怕是自軍艦脫逃了吧。於是他在軍艦離開品川前都必須躲起來，阿此又從中牽線，讓他先藏在大森一個叫九兵衛的農人家裡。

「到此還可以按序說明，接下來就有點類似鬧劇，開始進入以前對你講過的〈如呼啦怪談〉模式。根據阿此供詞，三月初某夜，她有事路過鈴之森大道，跟兩個看似漁夫的年輕男子擦身而過。兩人都喝了酒有點醉意，調戲了阿此，拉她袖子，阿此覺得很煩又不甘心，打算嚇嚇他們，從袖子取出西洋火柴，迅速擦火拋出二三根，兩人以為火球飛來嚇一跳，慌忙逃走。那火柴是黑船客人給的，阿此便收進袖口。現在回想起來，實在是騙小孩的玩意兒，但在那沒見過火柴的時代，看到火球零亂飛來，就嚇破膽子了。」

「原來如此，跟如呼啦怪談一樣。」

「推理故事少見真正的怪談，只要查出原因，都是如呼啦式的。」老人笑道：

「火柴風聲馬上傳開，變成鈴之森大道會出現妖狐的謠傳。也有人說狐精是黑船洋人放出來的。實際上，在那前一年，也就是安政五年流行霍亂時，也有異人放妖狐的謠言。這回的狐精又被傳是品川黑船放的。聽到這謠傳，阿此覺得很可笑。一般說來，很多犯罪者都喜歡惡作劇，阿此也覺得攪亂世間很好玩，便時常用火柴搞鬼。據說有時還在鞋刷上抹鞋油，在黑暗中往擦身而過的路人臉上抹。無論哪個時代都一樣，有了這種風聲，就會有人加油添醋四處傳，導致狐精怪談變成大問題，但阿此自己說，她其實只惡作劇了七八次而已。」

我也宛如被狐精誆騙似地聽著故事。

六

儘管如此，我仍不明白某些事。

「小伊勢飯館的兒子遇到的是真正的阿系？還是狐精呢？」我摸著臉問。

「哈哈，那根本不是騙局。那不是狐精也不是別的，是真的阿系。」老人又笑道：「不過，這事說奇怪也真奇怪。往昔都說是怪事，但以現代眼光來看，可能是一種心理作用吧。四月二十八日夜晚，阿系站在坂井屋前，聽到有人呼喚自己，聲音聽起來像喬治，於是她恍恍惚惚跟著走，半做夢地來到鈴之森大道。就在瞪視松那附近亂逛時，小伊勢巳之助剛好路過，才有那種誤會……

「坂井屋阿系和若狹屋阿系，不但同名，打扮和年齡都相近，巳之助才會在昏暗中誤認為若狹屋阿系。而阿系這邊也把巳之助看成是門窗舖伊之助。巳之助當時有點醉，聽到有人叫伊之先生，貿然斷定是巳之先生。不知道自己認錯人的阿系向巳之助賠罪，大概因那個喬治的關係吧。說阿系看起來沒五官，其實是巳之助看錯了，他懷疑是狐精作怪，才會看成沒五官。」

「毆打巳之助的人是誰？」

「是喬治。因之前提的緣由，他白天不能走動，天黑就出來散步。那晚湊巧去到那兒，打昏巳之助救了阿系。之後抱著阿系到自己躲藏的地方急救，阿系才甦醒。不知兩人商討了啥，阿系便沒再回坂井屋，決定跟喬治躲一起。

「窩藏喬治的農民九兵衛不是壞傢伙，卻很貪心。因貪心而被阿此籠絡，窩藏喬治，導致自己遭殃。聽九兵衛說阿系也躲在喬治那兒，阿此很高興，正中下懷。她是高興如此一來，阿系跟伊之助就真的分手了，自己可以獨佔男人，但

❖**流行霍亂**：一八五七年七月末至九月末，江戶市內流行霍亂死了二萬八千多人，火葬者高達九千九百多人。

她不就此罷休，時常到兩人躲藏處，用種種理由向喬治要錢，算是勒索。

「可是喬治沒有很多日本錢，所以給外國錢。根據阿此供詞，因是外國錢，她也不知真假，只是拿著喬治給的錢到兌換舖而已，完全沒打算用偽幣。她也不知喬治為啥有偽幣。她說可能喬治在中國停靠時被那邊的壞傢伙塞了偽幣，本人大概也沒察覺吧。使用偽幣的罪狀雖因證據不夠而作罷，但她也供認，在三島的兌換舖搶走繪草紙舖兒子的一兩金幣。因她是身有入墨的前科犯，罪責加重，聽說這回被判流放孤島。」

入墨仕置の図

「喬治和阿系結果怎麼了？」

「有關這點，另有個故事。雖然根據阿此的供詞而得知兩人躲藏的地方，但喬治是外國人，我們無法隨便出手。由町奉行所通告外國奉行那邊，再經由外國管轄者通告外國公使，手續相當麻煩。就在進行種種手續過了約半個月時，也不知從哪裡且以啥方式聽來的，兩個浪士打扮的武士突然闖進九兵衛家，說這家窩藏外國人，叫九兵衛讓他們見外國人。九兵衛看出他們是當時流行的攘夷者，堅稱不知道。對方也堅持一定有。僵持問答到最後，九兵衛和兒子九十郎都被砍了。九十郎輕傷，九兵衛卻死了。喬治連續開了數槍，總算逃過一難，但之後行蹤不明，不知去向。事後才聽說他拜託羽田那一帶的漁夫，帶他回品川海面原本的船內。砍了九兵衛父子的浪士，到底是誰，這也不知道。

「阿系因無罪，被送回坂井屋。門窗舖伊之助不但被我們恐嚇，聽到阿此是使用偽幣罪人時還嚇得面無血色，不過他也平安獲釋。根據熊藏所說，阿系和伊之助舊情復燃，最後結為夫婦。狐精的原形正是如此，你也被誆騙了嗎？哈哈哈哈……」

老人又笑出來。往昔大家都說不是狐精騙人，而是人誆人，果然沒錯，看來我也被半七老人誆騙了。告辭時，老人說：

「你放心，山王下❖沒有狐精的……」

想來這已是三十多年前的事了。我並非為了發洩當時被誆騙的悶氣，而又在此誆騙讀者諸君的。

❖**山王下**：指半七老人當時住的赤坂二、三丁目那一帶。

新喀擦喀擦山

三千石旗本攜愛女、小妾往別宅賞梅，歸途不幸船難，六人盡皆沒頂。

夫人不顧宅邸顏面，竭力追求慘劇真相，這是否為了掩蓋正房偏房爭寵的心虛之舉？

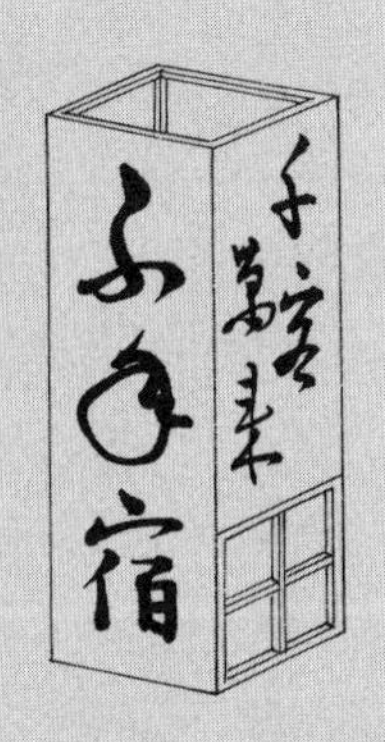

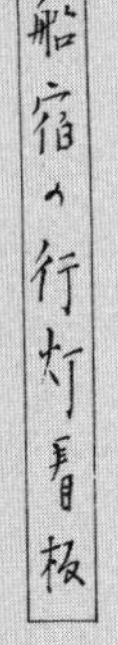

一

明治❖二十六年十一月中旬傍晚。我照例去訪問半七老人，老人說昨天到歌舞伎座看戲。

「木挽町景氣相當好。你也知道，第二幕是光秀自馬盥到愛宕❖的過程，團十郎演的光秀，省略平素的雅致場面，演得很熱烈。在壓軸的愛宕那一幕，踏碎食案，穿著鎖鏈甲的身子半裸，扛著長刀大亮相時，戲院內觀客都哇地叫出來。尤其我是老時代的人，看到那種戲，全身會起雞皮疙瘩，不禁大喊『成田屋❖』。啊哈哈哈哈……」

「評價好像非常好。」

「演成那樣評價還不好也沒辦法了。這回的光秀，你一定要去看看。」

老人以前便喜歡看戲。他不嫌棄我這年輕人，原因之一似乎是我也愛看戲，多少還談得來。因此和老人相對而坐時，我知道得陪他聊戲劇，於是也說起歌

❖**明治二十六年**：一八九三年。

❖**光秀自馬盥到愛宕**：第四代鶴屋南北的《時桔梗出世請狀》劇本中，明智光秀在馬盥受織田信長侮辱，到在

舞伎座的八卦，結果老人又說出這種事：

「這回木挽町也有訥升出場的戲。他是助高屋高助的兒子，以前名叫源平，從大阪回來，這回演光秀的妹妹和矢口擺渡的船伕女兒阿舟。三四年不見，完全變成大人，把矢口的阿舟演得非常好。對了，說到矢口，《神靈矢口渡》那齣戲內容當然不是事實，但矢口擺渡船伕受足利勢力之託，在船底穿洞，讓新田義興主從一行人沉入河底那段，應該是事實。」

「那應該是事實吧。《太平記》也有記載……」

「等於跟民間故事〈喀擦喀擦山〉那隻狸子搭的泥船一樣。話說回來，有起案子跟矢口擺渡很類似……可能從《太平記》或戲劇得來的點子吧。」

「跟矢口渡口類似的案子……這案子和您有關嗎？」

「有關。」

這下戲劇便居於其次了，我摸出藏在懷中的筆記本。說狡猾確實狡猾，但無論如何也要趁機拉出老人的舊話不可。而對方似乎也心知肚明。

「哈哈，你又照例掏出生死簿了。就是這樣，害我在你面前都不能亂開口。」

老人笑著開始述說。

愛宕表明叛意的過程。

❖**成田屋**：歌舞伎演員市川團十郎領銜的戲班。

❖**訥升**：歌舞伎演員第四代澤村訥升。

❖**《神靈矢口渡》**：平賀源內所作。十四世紀，南朝的武將新田義醒在矢口渡口遭船伕殺害，船夫得到北朝的鎌倉守護足利基重賞。日後，新田之弟義峰和戀人也來到矢口，船伕又打算動手，不料船伕女兒阿舟對他一見鍾情，遂犧牲性命死在父親手下，算是悲戀劇。目前仍時常上演。

❖**喀擦喀擦山**：日本民間故事。有隻壞狸子總跟老公公作對，還殺死老婆婆做成湯讓他喝下。復仇的兔子三番兩次整狸子，最後騙牠造一艘泥船過河，讓牠淹死。

「你就記成文久元年一月底吧。雖說這年二月十九日改元文久，一月應該仍是萬延二年……當時京橋築地本願寺一旁，有棟旗本宅邸，旗本名叫淺井因幡守。是三千石的寄合組旗本，算是高官顯貴。在深川砂村另有宅邸，也就是別宅，以主人為首，家人常去玩。一月底，我記得是二十六七日左右。這一年春季，從元旦起就多雨，二十二三日開始放晴，持續幾天都是暖和的賞梅好天，淺井宅邸主人因幡守帶著偏房阿早和女兒阿春，打算前往別宅賞梅。因幡守四十一歲，阿早二十四，阿春十五……我先說明一件事，阿春這位小姐不是阿早生的，而是正房阿蘭夫人的孩子，夫人容貌普通，但她生下的阿春卻可愛得像京都人偶，聽說是個溫順的千金小姐。

「主人是因幡守、阿早、阿春三人，加上女侍三人、隨從武士三人、僕役四人，因船太小，隨從武士和僕役繞陸路，主人三人和女侍三人搭船。船行是築地小田原町的三河屋，蓬船的船伕名叫千太。平安抵達砂村，終日賞梅，傍晚七刻（四點）左右離開別宅，搭著同一艘蓬船踏上歸途，途中，發生案件。」

「矢口渡案件？」

「是的。不是矢口渡案，就是喀擦喀擦山案。」

老人點頭。「雖然我不在現場，無法描述得如同親睹，總之，歸途也跟啟程一樣，隨從武士與僕役仍徒步繞陸路，主人和女侍搭船回去，由船伕千太划船，划到上游小名木川。

你也知道，深川地區有很多河

道，當時順著小名木川河道穿過高橋、萬年橋，便是大川❖河道。這段是新大橋至永代橋，大川盡頭是大海。船划至河道中央時，不知為何，船底進水了。女侍們發現後騷動起來，主人亦大吃一驚，船伕也嚇一跳查看，原來船底有個洞，河水正湧進來。船伕慌忙用現有東西堵住，但不見效。這一帶平素有船行駛才對，不巧傍晚見不到其他船。不久，水逐漸增多，不怎麼大的蓬船即將沉沒。船伕大聲求救，女侍們也拚命呼喊。聽到求救聲，佐賀町河岸米舖派出兩艘船搶救，卻為時已晚。眨眼間，船終於沉沒。」

文久❖元年，雖是距今三十多年前的舊事，但聽到這慘狀我仍不禁皺起眉頭。

「沒人獲救嗎？」

「船伕會游泳，他最後關頭跳進河裡得救，但因幡守這人看來不會游泳，因而溺斃。其他都是女人，以偏房阿早、女兒阿春為首，女侍三人也都隨波流走。眾人鬧哄哄，馬上遣人到築地宅邸通報。宅邸趕來眾多人，請了幾艘船打撈屍體，但日頭已下山，水面很暗，無法順利進行搜索。不過還是撈著因幡守、阿早及兩個女侍，總計找著四具屍體，女兒阿春和女侍阿信，兩人行蹤不明。

「淺井宅邸當然花了很多錢吧，他們命所有相關者保密，向外說，船內只有側房和女兒、女侍，主人因幡守搭轎子回去，平安無事。過了四五天，再向幕府通報因幡守急病猝死，讓當年十七歲的嫡子小太郎順利繼承戶主地位。這類事只要宅邸方面不出錯，按當時慣例，上頭也會裝聾作啞，因此一切順利解決。可是，不能了結的是蓬船的責任問題。就算主人因幡守沒搭船，但讓三千石旗本的女兒、偏房以及女侍三人沉入水中，可不能推說是意外了事。為何船底會漏水？不查這點不行，只是船伕千太大概深恐後患，雖一度回船行三河屋，當天夜晚便不知躲到哪裡，行蹤不明。

「在這種情況下逃匿不但對本人不利，也會給雇主三河屋惹事。因千太失蹤，三河屋遭受各種審問，平添很多麻煩。換個看法，也許是老闆出主意讓千太逃走，於是事情更為棘手。逐漸查下去後，才發現此案不是單純意外，裡頭似乎有複雜秘密。

「眾多旗本宅邸中，內部常有各種糾紛。只是礙於身分，一般都不加追究，但這回案子是三千石望族的主人過世，上頭也不能坐視不管。幕府先讓他們順利完成戶主繼承手續，之後再打算暗地調查案子真相。稍有差錯，三千石淺井家戶主繼承很可能遭取消，而且說不定會斷絕家門，在那時代是非同小可的事。

❖**三千石的寄合組旗本**：三千石是代代相傳的家祿。三千石以上的無職旗本稱為寄合組，以下則是小普請組。有職位的話會另支年薪，這時整年俸祿就成為三千石〇〇俵〇〇扶持，「俵＋扶持」通常指該職位的津貼。

❖**大川河道**：隅田川。

❖**文久元年**：一八六一。

「我負責揹這重擔。因是公務，老實說也沒法子，只是宅邸方面的案子跟一般百姓不同，搜查很麻煩，害我大傷腦筋。商家的話，可以不客氣地闖進審問，但武家宅邸則連大門也不能隨便跨進一步。尤其幹我們這行的，肯定毫無轉圜餘地就被趕走，正是所謂的盲人偷瞧竹籬笆，光從外面根本探看不出內情。這點真令人吃不消。」

「現今這時代也是很難調查貴族家的內情，往昔應該更難辦吧。」

「那時代，即便眼睜睜看著武家宅邸內開了大規模賭場，町奉行所人員還是不能闖進去，何況跟大旗本宅邸有關的案子，更無法自由動手動腳。但還是得設法解決，那時我真的盡了一切所能。你就聽我說吧。」

二

文久元年二月中旬某個陰天早朝。淺井一家人生前眺望的砂村別宅梅花，大多也在這二三天內落光，再過不久便是春分，大地吹起暖風。

八丁堀同心拜鄉彌兵衛宅子的小榻榻米房中，主人拜鄉和半七正交頭接耳。

「懂嗎？牛込水道町的堀田庄五郎，二千三百石，這是淺井因幡守的叔父。再來是京橋南飯田町的須藤民之助，八百石，這是因幡的弟弟，被須藤宅邸收作養子。其他雖也有眾多親戚，但堀田和須藤這兩家是近親，因此來拜託町奉行所暗地調查。深川淨心寺一旁的菅野大八郎，二千八百石，這是因幡正房阿蘭夫人娘家，也來拜託我們。尤其菅野的請求非常嚴厲。對方說，若我們查出的真相讓淺井宅邸敗壞門面也無所謂。總之，請我們務必查出確鑿證據，若真是不測意外就還好，但萬一裡頭有甚麼詭計，要我們不用客氣，把所有相關者都抓起。稍有差錯，淺井宅邸會斷絕家門。他們明明知道這點，還堅持我們不用手下留情，所以事情變得很嚴重。這案子已不能視而不見。半七，好好幹吧。」

「的確不能坐視不管。」半七也說：「我雖不太清楚武家宅邸內情，但聽說案子發生後，淺井夫人已半瘋了。」

「這也難怪。偏房暫且不說，同時失去丈夫和女兒，一般女人都會發狂。」拜鄉也同情地說：「娘家菅野那方遣總管來，根據那總管說，淺井夫人阿蘭今年三十七，是小太郎和阿春的母親。丈夫因幡年輕時是有名的美男子，阿蘭不知在何處對因幡一見鍾情，用盡種種方法才談成這門親事，是心愛的丈夫。再說要是生病那還另當別論，以這種意外事故被害的話，不可能那麼簡單就死心。堅持即便讓宅邸敗壞門面也要查出確鑿證據的，似乎正是阿蘭。應該是娘家接受女兒的要求，才來拜託我們。總之，對手是宅邸，很傷腦筋。」

「真的很傷腦筋。」半七也嘆道：「總不能去求見夫人，可既然對方主動拜託，堀田、須藤和菅野這三家總管應該願意見我吧？」

「那當然願意。可是，你不要隨便到淺井宅邸露面。萬一遇見跟宅邸有關的人，讓對方察覺我們在進行調查，就不妙了。」

「是的。我會拐彎抹角徐徐進行。」

「但拖太久也不行。」拜鄉笑道：「你斟酌辦吧。」

「船調查過了？」

「我沒到場，是同僚井上到現場調查，船應該還繫在三河屋前河岸。那是重要證據，直至案子了結，當然不准任何人使用。反正是不祥之船。三河屋也不可能修繕後再使用，案子了結大概會燒燬吧，在那之前必須好好保存。」

「那麼，我先到三河屋看看那艘船。也許可以想出啥好主意。」

「你到三河屋時，不要過分恐嚇對方。」拜鄉又笑道：「案子發生後，他們遭受種種審問，聽說主人也嚇得臉色蒼白，渾身抖個不停。」

「是。我絕不會做出粗暴舉動。」

半七也笑著告辭。來到外面，依舊吹著暖風。半七暗忖大概會下雨，立即把腳步朝向築地三河屋。三河屋在這一帶也是老字號的船行，半七跟主人清吉不算陌生，隨意在外面呼喚。

「喂，老闆在嗎？」

說是船行，這兒也出租撒網漁船和釣魚船，門面不怎麼雅致。年輕船伕站在舖前柳樹下，仰望上空發呆，看到半七慌忙頷首。

「哎，頭子，歡迎。」

他是船伕金八。

「喂，金八，」半七笑道：「這回真是飛來橫禍。」

「真是遭橫禍。那天本來是我值班，千太說要代我去，結果他一去，結果竟是如此。託他的福我僥倖逃過一難，但總覺得是千太替我遭殃，對不起他。」

「這麼說來，是千太主動代你值班？還不知道千太行蹤嗎？」

船宿

家根船
千客
万来

「那小子會游泳，平安游上岸，曾一度回家，但大概認為事後很麻煩，不知何時竟逃走了，老闆也很傷腦筋。」

「千太家在哪裡？」

「深川大島町，堆石場附近，他父親去年過世，已不住在那兒。」

「淺井宅邸的死者有大人和……」

「不，大人沒……」

「不用隱瞞。我知道一切。偏房和女兒、女侍三人，其中沒撈到屍體的，是小姐和女侍之一嗎？」

「是的。沒找到小姐和女侍阿信。那時是漲潮時刻，可能被沖到大海去了。阿信是我們老闆外甥女，我們也一直在找……」

「叫阿信的女侍是這家的外甥女？」半七一聽，想了一下。

根據金八所說，阿信是老闆妹妹的女兒，自小與雙親死別，七歲時被老闆收養，因淺井宅邸是長年老主顧，為了學習禮儀而送到宅邸做事。這是阿信十五歲那年春天的事，前後順利做了七年，她今年也二十一了。去年打算讓她辭職，但阿信堅持還要待久一點，結果今年仍持續做著時，竟發生這種事。

武家奉公の女

老闆夫婦很後悔，早知如此，當初應該硬逼她辭職。直至今天仍行蹤不明的話，肯定已喪命，只是在還未見到屍體之前，老闆夫婦仍不死心，老闆娘今天甚至還到淺草向觀音菩薩求籤。老闆則因感冒在裡房休息。

「阿信是怎樣的女子？容貌漂亮嗎？是傻氣還伶俐？」半七問。

「容貌不醜。大概比普通程度好一點。性格也相當穩重。」金八回說：「老闆膝下無子，本來打算讓阿信招贅，但事情變成這樣就沒辦法了。老闆和老闆娘都非常失望。」

「那真是可憐。阿信為何不想辭職？」

「不太清楚，聽說宅邸夫人非常疼愛她，她常說世上再也沒那麼好的宅邸，大概這樣才不想辭職吧。那宅邸真的個個是好人，少爺很體貼，小姐也溫順。」

「全都是好人？」

「每個都是好人。再說少爺在這一帶也是有名的美少年，去年舉行了戴冠儀式，不過還未剃前髮❖時，簡直跟《忠臣藏》的力彌❖或二十四孝❖的勝賴一樣，在這兒搭船時，往來的女性都會佇足觀望。」

「有那樣的少爺，阿信才不想辭職吧。」半七笑道：「金八，我今天是為公務而

❖**前髮**：沒刮掉前髮表示還未舉行戴冠成人儀式。

❖**力彌**：歌舞伎《忠臣藏》中的角色，相當於史實上的大石內藏助的長男主稅。《忠臣藏》內容請參考遠流出版之《江戶日本》。

❖**二十四孝的勝賴**：歌舞伎《本朝二十四孝》女主角八重垣姬的未婚夫武田勝賴，武田信玄的四男。

前髪の力弥

來。你讓我看看案子那艘船。」

「船繫在那裡。」

金八領先走到河岸，那艘蓬船正繫在樁子上。湊巧是退潮時刻，這附近河道接近大海，水面很低，岸邊乾燥。走下小棧橋，兩人立在船邊。

「我是外行人，不太清楚，為啥船會漏水？難道船底真壞了？」半七說。

「這個，」金八歪著頭。「大家都說船已老舊，船底可能壞了。船確實舊，但不可能舊到漏水。老闆叮囑過不要亂說話，所以我一直沒講。我認為這一定有人在搞鬼……」

「搞啥鬼？」

「有人鑿了船底。雖沒鑿到醬油桶嘴子那般，不過可能在船底有點腐爛之處，剝掉木板先弄壞，再隨便用木片堵住縫隙。」

「這種事外行人不可能辦到。難道是千太那傢伙幹的？送淺井一家人到砂村後，在等候他們歸來之際，千太動了手腳吧。所以那傢伙才會逃之夭夭。」

不知是否多心，船看來就像橫躺的屍骸。鑽進船內，半七檢查了各個角落，果然如金八所說那般。

既然調查公役已親自查過，不可能忽略這點。半七暗忖，大概是淺井宅邸為了暗地解決，在幕後活動，籠絡公役們，以船底破損為由了結案子。這種事在當時很常見，並不稀罕，但此處有個疑問。既然打算秘密了結案子，為何淺井夫人及親戚們會來拜託町奉行所，要求查清案子真相？這點不合理。

為何一方面採取秘密主義，另一方面卻打草驚蛇？半七又陷於思考。

或許宅邸和親戚意見分岐？一方顧慮會敗壞門面，主張凡事都暗地抹煞；另一方則主張無論如何都要查出真相，找出罪人。簡單說來，分成兩派，一派認為凡事都比不過保住家門要緊的膽怯派，另一派認為即便斷絕家門，也要毅然追查是非善惡的強硬派，因而產生這樣的結果？半七想，無論如何，自己必須全力搜查，完成任務。

「老闆娘不在，老闆在休息，硬拉他起床也不好。今天我暫且先回去。」

半七登上岸邊和金八分手。

「頭子，要不要帶傘去？好像飄起雨來了。」

「你們的傘有店號，不方便。反正下得不大，我就這樣走了。」

暖風中含著濕氣，細雨簌簌落在屋簷柳樹。半七蒙著頭巾跨開腳步。

三

淺井因幡守宅邸位於本願寺旁，離南小田原町很近，半七馬上抵達宅邸。雨腳逐漸大起來，他佯裝避雨，立在毗鄰宅邸門前。

船底的詭計似乎是千太幹的，但千太自己不可能策劃那種事，大概是受某人之託。只要找出千太問訊便可讓他供出一切，但不容易查出他躲在哪裡。側室阿早若有孩子，可以推測是繼位糾紛，不過阿早沒孩子。正房有一男一女。而且大家都說他們是好人。這樣根本不可能會冒出繼承糾紛的芽。

如此這般地想東想西，半七在門前立了約四分之一時辰，淺井宅邸內連一隻狗都沒出來。雨愈下愈大，連半七也耐不住，叫住湊巧路過的空轎，暫且先回神田家。

日頭下山後，手下幸次郎來了。

「終於下起雨來了。」

「今年好像多雨。今天我也碰上下雨，中途就回來。」

「去了哪裡？」

「繞到築地。」

幸次郎熱心傾耳靜聽半七講述今天的事。

「頭子，有關那事，我也打探到一些消息。您也知道，那一帶宅邸很多，我認識不少大雜院的人，前些日子就聽到各種風聲，大多是捕風捉影……不過，頭子，有件事很有趣，我認為不能置之不理……」

「不能置之不理……啥事？」

「案子發生當天，聽說主人因幡本打算繞陸路回去。不知是否怕沉船，因幡這人很討厭搭船，每次到砂村時，總是單程搭船，單程陸路，當天也預定搭船去再繞陸路回來，卻不曉得怎麼搞的，歸程竟也是搭船，才遭遇那種慘事……說是運氣不好，那就真的沒話說，但也不能斷定這裡頭沒文章。明明繞陸路可以平安無事，卻在那天選擇搭船，又在那天沉船……」

「唔，除了運氣不好，的確不能說沒其他理由。」

「所以據我的推測，是這樣的，」幸次郎稍微壓低聲音。「雖不曉得是誰動了手腳，但或許無意殺死主人……主人本來預定走陸路，不知為何竟改搭船，我想主人可能是受到連累。女侍三人當然是池魚之殃，那麼，不是側室阿早，就是女兒阿春，這兩人之一是目標。還未成年的小姐不可能是謀殺對象，目標應該是阿早。」

「這麼說來，凶手是夫人？」半七半信半疑地皺起眉頭。

「有可能。阿早這女人風聲雖不錯，畢竟是正房和側室的關係，這裡頭肯定有不為人知的衝突。夫人半瘋狂地堅持就算敗壞家門也無所謂，一定要查出真相，也許是想隱瞞自己的虧心事。」

「無意殺死丈夫……這雖說得過去，但殺死女兒怎麼解釋？再如何憎恨側室，也不可能讓親生女兒陪死。其他不也有能單獨殺死側室的方法嗎？」

「不，這裡頭又大有文章。小姐阿春可愛得像個人偶，性子也非常溫順，但不知為何，從小就跟側室阿早很親熱，阿早也疼愛得跟親生女兒一樣。頭子，這只是我的推測，我想，在夫人眼裡看來，她是不是認為阿早因自己沒孩子，才籠絡阿春當成親生，打算跟夫人對抗？這樣一來，即便是親生女兒，夫人也不會疼愛阿春。夫人說不定會萌生殘忍打算，乾脆連阿春也一起溺死。」

武家の妻

「你真是想了很多理由。」半七微笑道：「這確實有可能。女人總是會想些出人意表的主意。那麼先假定是夫人的詭計，但夫人不可能親自拜託船伕。應該有人從中斡旋……」

「是女侍阿信吧。」

「唔，是老闆的外甥女嗎？這樣一來，阿信肯定還活著。」

「她出身船行，是在小田原町河岸長大的女人，應多少諳水性。我想一定爬上岸了，躲在某處。」

「有可能。」

第二代大阪屋花鳥嗎？半七喃喃自語。而且這跟花鳥那案子不同，相當棘手。即便萬事都如幸次郎推測那般，也僅是推測而已，必須找出確鑿證據。

「這麼說來，就必須找出阿信和千太的行蹤。你一人大概忙不過來，叫龜仔或庄太幫你。我想到側室娘家看看，阿早是哪裡人？」

「聽說是出入淺井宅邸的園丁女兒，但我不知娘家在哪裡。這等小事應該很快可以查出，我明天就去打聽。」

幸次郎應允後告辭離去。雨下了整晚，第二天早上是艷陽天。

「真撿到便宜了。」半七在窗口眺望大街。天氣晴朗得會讓性急的寒櫻開花。即便不是公務，這種早朝也會令人想出門閒逛，只是不知阿早娘家在哪裡，不能隨便出門。半七坐立不安地渡過無所事事的半天，焦急等幸次郎來報告，中午左右，幸次郎總算趕來。

「對不起來晚了。我到附近宅邸找兩三個傢伙，湊巧都不在，費了點時間。不過，已完全問出了。淺井側房娘家是小梅的園丁長五郎，據說住在業平橋過去一點。」

「好，明白了。那我馬上到小梅一趟。昨晚也說過，你找個幫手，去搜尋阿信和千太行蹤。也許會溜到築地三河屋，那邊也不能疏忽。」

吩咐後，半七匆匆出門。過了吾妻橋來到中之鄉，當時這一帶是鄉下。商家有名無實，大多是農家。偶爾可見普通住居，但都是類似《梅曆》❖中男主角丹次郎所住的幽❖暗住居。因平素行人稀少，雨後泥濘很深。半七已有心理準備而穿著低齒木屐來，但木屐也埋入泥巴，甚至無法自由走動。

好不容易穿過泥濘路，在南藏院寺院前，可看到一旁森川伊豆守宅邸崗哨，過了業平橋，放眼望去都是田地，零星有農家和園丁宅子。問了路，馬上得知

❖**大阪屋花鳥**：請參照《金蠟燭》的〈大阪屋花鳥〉，是一名擅泳的女犯。

❖**《梅曆》**：為永春水的戀愛寫實小說《春色梅兒譽美》。

❖**幽暗住居**：意思是避人眼目的藏嬌金屋。

長五郎住處。

大概因擁有大旗本宅邸老主顧，加上女兒嫁入淺井宅邸，每月領不少津貼，長五郎家在這一帶是惹眼的大宅子，廣闊樹園種植眾多青翠茂密樹木。門口有一棵類似標誌的高大柳樹，稀疏格子竹籬外，有一條小水溝。過了水溝土橋，進去一看，除了雞在咕咕悠閒報時，屋內鴉雀無聲。

剛辦過喪事，這也難怪，半七邊這麼想著邊找尋入口，來到向南窄廊。這兒也有一棵必須仰望的高大山茶，長滿密密麻麻的紅花苞。

「有人在嗎？」

喚了二三次，裡邊總算出來個四十五六的主婦。半七心想這大概是阿早的母親，恭敬頷首。

「我是長年在築地淺井大人那兒出入的門窗舖……這回發生這種事，實在不知該說甚麼……本應及時前來弔慰，卻因感冒躺了約半個月，才拖到現在。」

遞上事前準備好的線香盒和奠儀紙包，主婦高興又不好意思地收下，並鄭重道謝。就算是長年往來的職人，除非關係特別，否則沒人會特地到側室娘家弔慰。看似老實人的主婦，對自稱門窗舖這男人的盛情感到開心，立即請對方進屋。半七到裡屋佛龕前燒香，再度回到窄廊，主婦已準備好茶水和菸草盆。她果然是阿早的母親阿富。

「不幸接連而來，親戚家又有喪事，阿早她父親昨晚出門還沒回來。」

阿富又說，既然自遠方來，好好休息一陣子再走。怎麼看，都不像懷有惡意的女人。藉著對方挽留，半七坐下開始抽菸，剛好傳來淺草寺八刻（下午二點）鐘聲。

四

半七和阿富這兩個初次見面的人，沒甚麼其他話題。尤其在這種場合，話題當然只能重覆案子內容，失去女兒的母親眼中又湧出新淚。根據阿富描述，丈夫長五郎似乎也是個職人性子的老實人，他說女兒是陪長年施恩於已的大人出門，所以死了也不用哀傷。又嚴厲叮囑老婆及家人，絕不能因這事而說出連累宅邸的話。

「我理解頭兒的心情。」半七也同情地說：「只是世間人很囉唆，也有人對這回事件說東說西。」

「說些甚麼？」阿富擦拭眼睛問。

「其實……這事在你們面前很難說出口……」半七勉強回答：「說有人在船底動手腳……」

「果然有人這樣說嗎？」

「聽說有人存心讓第二夫人溺死……」

說到此，半七觀察對方表情，阿富默不作聲地想心事。

「說這種話實在很不好……無論哪家宅邸，夫人和第二夫人總是合不來……」

「哎，這位先生，不要亂說。」阿富規戒地說：「這不就表示是夫人做了甚麼手腳，故意讓我家女兒溺死嗎？沒那回事，絕對不是。唯有宅邸夫人是絕對絕對不會做出那種事的人。夫人真的是個好人，這點我可以保證。你到底從誰那兒聽來的？」

看對方氣勢洶洶逼問，半七有點回不出話。

「不是，不是說肯定是夫人，宅邸內有眾多男人，也有女人。在眾多人中，說不定有人跟令千金交情不好。也許有人因某事而憎恨您家女兒……」

「那倒有可能是懷恨在心……」

對方的口吻像是想到甚麼，半七立即回問：

「這世上有人會把好心當歹意看，明明自己不對，卻反過來憎恨對方。您家女兒有這類事嗎？」

阿富再度沉默不語。這對夫婦似乎真如他們自己所說，決定不說出任何對宅邸不利的事。半七心想，要讓對方鬆口，自己恐怕也得卸下頭巾露出原形。

於是，半七表明身分。而且詳細說明，這不是町奉行所主動進行偵查，而是受夫人及眾親宅邸之託。阿富聽後，稍微改變態度。

「所以，妳若不老實說出一切，我這邊很傷腦筋。」半七曉諭般說：「雖然妳說夫人是好人，但目前夫人最可疑。妳要是為夫人好，最好說出妳所知的一切。我也是個男人，絕不會向外說出對宅邸不利的事，妳就當作只對我說，說出一切吧。」

「可是，沒實際證據……」阿富似乎仍在猶豫。

「不，妳說的話不會馬上成為證據。我只想當作參考而已。妳女兒最近來過這裡嗎？」

「去年年底來了。」

「單獨一人來？」

「帶一個叫阿信的女侍來。」

「阿信是怎樣的女人？」

「容貌不錯，看上去相當穩重。」

這點跟船伕金八說的一樣，但從口吻聽來，阿富似乎對阿信沒好印象。

「妳女兒既然叫阿信陪她來，可見妳女兒很疼她吧。」

「也不是因為疼她。我女兒說，她們有在宅邸內不能談的秘密話，所以今天讓她陪在身邊帶過來，在裡房相談了一陣子。」

「妳不知道她們談些啥嗎？」

「我們迴避到那邊，兩人也都壓低聲音，所以完全不知她們到底談些甚麼。」

「回去時樣子怎樣？」

「兩人看上去臉色都不太好……尤其阿信臉色很蒼白。」

「妳女兒那以後就沒再來？」

「入春後一次也沒來。去年年底來的那次正是終生的別離。」阿富又哭出聲。

阿早和阿信在這兒進行了甚麼密談？這兩人到底是敵是友？又為何回去時兩人臉色都不好？這都是難解的謎，連半七也百思莫解。

「那天的事暫且擱一旁，之前有沒聽妳女兒說過啥？」半七又問。

「沒有，有關宅邸內的事，女兒都沒說甚麼。」

這時，突然有人拉開裡房的拉門，出現個五十左右的男人。

「歡迎大駕光臨。我是園丁長五郎。」他雙手貼在榻榻米上，在半七面前恭敬行禮。「親戚家有喪事，昨晚前去幫忙，剛剛才回來。」

他似乎已回來了一會兒，偷聽到老婆和半七間的問答。半七察覺此事，重新再向他說一次。

「我剛才也對老闆娘說了，這回案子似乎有複雜內情……」

「有關這事，頭子，事情到此，我就坦白說出……」

他以眼神命阿富退避，阿富不安地起身，目送阿富背影離去後，長五郎竊竊說道：

「這種事若讓內人聽到，只會讓她多操心，而且女人愛說話，不知會對誰說出，所以這事我也瞞著內人，去年十月，我女兒到寺院參拜，順便繞到這裡，內人湊巧不在家，女兒跟我面對面談了一陣才回去，那時，女兒向我略微說了一些……」

「唔，」半七不自禁挪前一步膝蓋。「你聽到啥事？」

「不是甚麼大事……」長五郎又遲疑不決。

「不管你現在說啥，我都當耳邊風。不僅對你，也絕不會給宅邸添麻煩。你不用顧慮，快告訴我。」半七催促。

「是。」

「你別一直吊人胃口。我也不是找你打趣或開玩笑才問你，你就認真回答。」

半七有點不耐煩。長五郎看似想說又開不了口，始終欲言又止。

五

隔天早朝，幸次郎急急忙忙進半七家。

「早。直話直說，昨晚發生點怪事。」

「啥事？你來得真早。」

剛洗完臉的半七在起居間長火盆前重整坐姿後，幸次郎立即開口。

「我跟庄太分頭辦事，我在監視築地三河屋時，昨晚大概四刻（十點）左右，有個傢伙裹著頭巾從租船旅館出來。我跟蹤了小半町，在本願寺橋橋頭冷不防叫住他『喂，大哥』，那傢伙嚇一跳回頭。仔細一看，也並非生面孔，是深川一個叫阿寅的傢伙……」

「深川阿寅……是啥傢伙？」

「也是個船伕，叫做寅吉，住在大島町堆石場旁。說是船伕，其實有一半收入靠賭博，是個只要出啥差錯，隨時都會到傳馬町吃牢飯的傢伙……那傢伙既然從三河屋出來，我認為有必要審問一下，軟硬兼施問了種種，他只堅稱來找朋友千太，其他甚麼都不說。問他千太在不在，他說前些日子就失蹤，三河屋也在找千太。問他來找千太做啥，他說沉船案發生後，千太就沒到大島町露面，他擔憂千太近況才來看看。老是一問一答也沒完沒了，只好暫且放過他，事後仔細想想，他說來找千太可能是胡說，我想他可能受千太之託而來……」

船頭

「這麼說，阿寅這傢伙知道千太在哪裡？」

「是的。乾脆把他抓來？」

「別急。」半七制止。「隨便把阿寅那傢伙抓來，說不定最重要的千太聽聞風聲會遠走高飛。先讓他自由行動，你去監視他的行蹤。」

「是。」

幸次郎應允後離去。半七前往牛込堀田、京橋須藤、深川菅野各宅邸，請求各宅邸總管暗地跟他會面，但有的說總管不在，有的說無法會面，要不然便說這事已託八丁堀公役包辦，想問事情到那邊問，本宅邸拒絕直接對談，各宅邸均事前說好似地讓半七吃閉門羹。如此根本無法接近。半七在內心咂嘴，明明是對方主動拜託，所幸早有心理準備，反正武家宅邸的工作大多如此，只能仰賴自小梅長五郎那兒聽來的秘密為唯一參考，暗地調查，除此之外別無他法。

因此，遲遲不見進展，半七與手下心焦如焚，之後十天左右內，又發生兩起案子，更令他們焦頭爛額。案子之一是二月二十三日早朝，那個深川寅吉船伕不知遭誰殺害。淨心寺後面是山本町，自山本町到三好町的木材堆置場之間有座小橋。寅吉的屍骸就浮在橋下，傷口自右肩背部斜線砍下，從這點看來，凶

覆面の侍が斬る

手可能是武士，自背後一刀砍死寅吉，再將屍骸拋進河中。

驗屍後，公役判斷是最近流行的試刀武士幹的。但試刀殺人的武士不可能特地將屍體拋進河中。根據幸次郎報告，半七已大致推測出凶手是誰。因跟蹤寅吉行蹤的幸次郎，親眼看到他去哪裡，又被誰砍死。凶手看到躲在隱蔽處偷看的幸次郎後，頭也不回地逃之夭夭。

另一案子是二月二十八日早朝，築地南小田原町河岸發現一對殉情男女屍骸。現場是繫在三河屋河岸一艘蓬船內，正是溺死淺井宅邸眾人的那艘船。淺井案子解決後理當燒燬的那艘船，竟又在船內演出第二齣悲劇，或許可說是被詛咒的船。

而且殉情說法只是風聲，罕得有人親眼看到現場。當聽聞風聲的看熱鬧人群聚集現場時，兩具屍體已收拾停妥，只剩被春雨淋濕的遺物船。

「殉情的是個俊美年輕武家人和年輕女子。」

看到的人如此宣揚。男子是十七八歲的俊美武士，女子年約二十左右，打扮看似在武家做事的女侍。兩人坐在船內，男子先用護身刀刺死女子，自己也割了咽喉死去。

不久，又出現散播這種風聲的人。

「男子似乎是附近淺井大人的公子。女子是三河屋阿信。」

前面也說過，因兩具屍體匆匆收走，上述終究只是謠傳，而半七深知那謠傳不是胡說。

「喂，阿幸，事情變得很嚴重。」

「真令人嚇一跳。要是早點找出阿信，也不會發生這種事……」幸次郎也遺憾地說。

「再說淺井宅邸也不好。小太郎目前是繼承戶主地位的人，他們沒必要隱瞞小太郎兩三天前離家出走的事。要是事前偷偷向八丁堀公役通知一聲，至少還有辦法注意一下……不過，接二連三發生歹事，宅邸也沒面子，所以不敢通知公役，自行暗地搜尋小太郎吧……這一來已沒辦法了，三千石宅邸會被抄家。」

「大概會吧。」

「就算上一代主人淹死是不幸意外，現在又發生這種事，反正沒救了。」半七嘆道：「仔細想想，我也不好。前些日子聽了小梅長五郎說的話，該馬上報告大爺才對。那麼，大爺也許會暗地通知淺井宅邸，宅邸也會嚴密監視少主的行動。因事關宅邸聲譽，長五郎哭著求我千萬別講出去，我也覺得可憐，一直守口如瓶，結果反倒壞事。幹這行的不能太心軟。」

「最近再也沒比這回更糟糕的案子。頭子，接下來該怎麼辦？」

「這樣還不算閉幕。既然阿信之前還活著，或許千太也會從某處爬出。」

「那麼，還是要到深川去監視？」

「也對。只能監視寅吉家附近了。」

寅吉是單身漢，沒法調查他的家人。因左鄰右舍合力為他辦了扔垃圾般的葬禮，所以寅吉家目前是空屋。或許千太不知此事，還來偷偷找他。幸次郎正是指望這點才繼續監視。

「你跟庄太耐心守著深川。」半七說：「萬一那小子也被一刀砍死，事情就完全糟蹋了。」

命幸次郎去辦事後，半七又想了一會兒。雖說跟武家宅邸有關的工作本就棘手，但這案子萬事都錯開，總是落後一步，半七覺得很遺憾。據說淺井夫人半瘋狂地拜託公役大爺，說敗壞淺井宅邸聲譽也無所謂，務必查出案子真相，如今那宅邸遲早會被抄家，想來夫人也真可憐。半七認為，至少也得讓夫人如願，查出這案子的來龍去脈，給夫人某種滿足，這是自己的職責。

不久，他想起某事，信步離開神田自家。此時是二十八日夜晚。今天的春雨在這時刻也已放晴，薄紗般的靄氣朦朧罩大地，前方很暗。大街舖子燈火看上去宛如沉在水中。半七裹著煙靄，往築地方向前進。

抵達南小田原町，自外探看船行三河屋，今晚他們卸下屋簷掛燈，似乎不做生意。問隔壁的竹倉船行，據說阿信的驗屍手續一結束，馬上把屍體運到下谷稻荷町老闆娘娘家，今晚似乎在那裡秘密守夜，因此三河屋的人都到下谷去了，只剩主人清吉單獨看家。

半七再度立在三河屋鋪前呼喚，主人從裡邊出來。清吉是個過了四十的健壯男人，看到半七，若有所思地皺起眉頭，又馬上親熱打招呼。

「原來是頭子，請到這邊來……」

「接二連三發生歹事，真同情你們。」半七在鋪前坐下。「清吉，我今晚是為公務而來，你也公事公辦地回答我。」

清吉換了個坐姿，默默點頭。

「直話直說，我想問你一些事。自上個月那案子發生以來，你外甥女阿信近一個月都躲在哪裡？」

「不知道。」清吉斬釘截鐵回答：「其實她到底從哪裡出來，我也覺得很奇怪。約一個月都沒消息，我們都死心認為她的屍體已流到遠方大海，不在人世，沒想到她突然出現，而且在這河岸鬧出那種事……總覺得好像在做夢。」

「確實是場惡夢。老實說我也做了場惡夢。」半七笑道。
「喔？」
「我說那惡夢內容給你聽吧？」
「咦？」
清吉不知半七到底想說甚麼，望著半七，半七依舊笑著繼續說：
「因是做夢，也許不合道理。反正你就聽吧。這兒有棟大宅邸，宅邸內住著正房夫人和側室。夫人是好人，側室也是好人。這樣根本不會發生啥騷動。但有件事很傷腦筋，就是夫人親生的嫡子少爺是個絕世美男子。無論啥地方，美男子總有女禍。夫人的貼身女侍愛上少爺。俗話說得好，戀愛沒有上下身分之差。女侍忘我地纏住少爺，兩人終於有染。女侍不可能成為正房，既然如此，她打算成為側室，終生陪在少爺身邊……這也是人之常情，卻很難辦到。既是側室，應該不用考慮身分問題，只是女侍比少爺

年長，加上相當能幹，稍微有個差錯，將來可能惹起繼位問題。將這種女人推給少爺，到底好不好？如此一來，事情不是很麻煩？對不對？」

說到此，半七窺視清吉眼色，清吉閃避似地垂下眼皮。清吉的白髮與年齒不成比例地多，垂落的鬢髮在昏暗座燈亮光前顫抖。

「所謂燈塔照遠不照近。何況是大宅邸內，沒人察覺少爺和女侍的事。主人和夫人也不知道。可壞事畢竟做不得，不知為何，竟讓年輕小姐發現了。不可思議的是小姐跟側室很親熱，比與親生母親好，所以偷偷告訴側室。如果側室也立即密告夫人或總管，讓他們處理就沒事，她卻藏在心中，打算息事寧人。側室當然沒惡意，她是出自不想敗壞少爺聲譽的忠義，結果忠義竟招來惡果，導致意想不到的事。事情是這樣的，去年年底側房回娘家為年終贈品致謝。那時帶著這女侍一起去，暗地向女侍提出意見。她向女侍說明原委，請她對少爺死心，明年三月換傭工時，乖乖辭職回娘家。這是為宅邸聲譽，也為當事者好，但女侍已昏頭昏腦，不但不聽意見，反倒憎恨起側室。她死心眼地認為側室的忠義是多管閒事，硬要拆散她和少爺……喂，清吉，我的夢在這裡醒來，之後的事你應該最清楚。這回輪到你說你做的夢吧。你大概要說很久。我邊抽菸邊

煙草をのむ

聽你講。」

半七取下腰上菸筒，徐徐抽起菸，過一會兒，清吉崩潰般雙手貼在榻榻米上叩拜。

「頭子，我願意招供。只因太疼愛唯一的甥女……請您諒解。」

「我也理解你的心情。我從世間風聲明白你不是個壞人，但你做得未免太粗暴了。就算你們是幹這行的，怎能做出跟《喀擦喀擦山》狸子搭泥船一樣的事，把主人和眾多人沉入河裡……」

「現在不用您說我也很後悔。怎麼會如此膽大妄為，連自己都覺得恐怖。因唯一的甥女哭著拜託……突然鬼迷心竅，完全判斷錯誤……實在很對不起。」

不知是汗是淚，清吉那張蒼白臉龐整個濕了。

六

「這故事相當複雜。」我聽到這裡，歇了一口氣。

「看似複雜，但情節是筆直的。」半七老人笑道：「講到這裡，你大概也知道了吧。」

「還有很多地方不明白。根據到此為止的內容，那個叫阿信的女人想殺掉阻礙自己戀情的側室阿早，說服舅舅清吉在船底動手腳。而小姐是敵方同夥，乾脆一起淹死……」

「她無意弒主，但不巧那天主人也搭船回去，算是遭到牽連。運氣不好時實在沒辦法。」

「阿信是第二代大阪屋花鳥嗎？」

「是的。她從小就在築地河岸長大，泳技似乎很好。現今流行到海邊游泳，漂亮女孩都會打打水，但江戶時代除非漁伕女兒，一般女性罕見會游泳的。如果花鳥和阿信都不會游泳，也許就不會想出這種壞主意。」

「那個千太船伕結果怎樣了？」

「這又有個故事。」老人說明：「千太因是老闆吩咐，不能不答應。當然應該也拿了不少鉗口費。總之他接下這任務，送淺井家眾人到砂村別宅，在等他們歸來之際在船底穿洞。緊要關頭時他自己游泳逃走，一度先回三河屋，怕受種種審問很麻煩，老闆便叮囑他躲起來。」

「那他躲在哪裡？」

「逃進朋友寅吉家，聽說躲在櫥子內。寅吉也是個壞傢伙，明知一切竟又藏匿了千太，有時以千太遣他來為藉口，到三河屋要錢，至於砍死寅吉的不知是誰。根據跟蹤寅吉的幸次郎說，寅吉來到山本町橋頭時，有個蒙面武士快步追上，一刀把他砍死。他說可能是菅野宅邸的人。前面也講過，菅野是淺井夫人娘家，宅邸位於深川淨心寺旁。寅吉以這回案子為由，似乎到菅野宅邸說些類似勒索的話。宅邸方面也覺得麻煩，給了些錢讓他回去，再派人跟蹤，一刀砍死……我只是吃閉門羹，寅吉卻丟了小命。因寅吉被殺，千太束手無策，只得逃出寅吉家，之後到朋友住處一家住過一家，但每家都怕受連累，不肯讓他待太久。然後他聽到老闆清吉遭我逮捕的風聲，大概明白自己逃不了。他乖乖自首，審問期間死在獄中。」

「阿信躲在清吉老婆娘家嗎？」

「阿信游到岸上，處理了濕淋淋的衣服後，原本打算佯裝自己得救而回宅邸……卻臨時改變念頭，據說是船將沉沒時，側室阿早說了句『阿信』，眼神嚴厲地瞪她。阿信認為阿早明白了詭計，突然很怕，迷迷糊糊游到岸上後便不想回宅邸了。她在某處躲了一陣，等天黑才前往下谷稻荷町，也就是清吉老婆娘家那裡，在那裡藏匿了五六天，之後又偷偷回到築地三河屋，躲在二樓。我第一次到三河屋，審問船伕金八那時，阿信就已經躲在二樓。只是我沒注意就那樣離去，算我粗心。

「而阿信為何叫淺井少主出來，清吉也不知理由。他說，少主只是突然造訪而已，我想一定使了啥手段叫他出來。年輕主人在三河屋二樓過夜，當天夜晚和

阿信一起溜出，在發生案子的船內殉情，清吉說他完全不知此事。這點也很可疑。首先，他根本不用讓少主在自己家過夜。宅邸就在附近，夜再深也應該送他回去，卻無所謂地讓年輕主人在自家二樓過夜，導致發生那種事，罪狀實在深重。淺井宅邸說兩天前就離家出走，清吉卻說當天夜晚才來，雖兩邊說法不一，但也許兩天前就讓年輕主人躲在三河屋。

「把這些合起來想，看來是阿信已覺悟無法如願，和舅舅清吉商討後，把少主也帶上黃泉路。清吉很可能因疼愛甥女，讓少主躲在二樓，讓他倆充分惜別人世後，才送兩人去殉情吧。只要沉船案東窗事發，無論如何清吉和阿信都會喪命，尤其阿信又能幹，也就特別執著。而被那女人迷住的少主也真可憐，光有一副讓女性迷亂的美男子長相，卻身體虛弱，個性也軟弱，年僅十七，雖順利繼承戶主地位，但突然跟父親和妹妹死別，阿信又行蹤不明，茫然不知所措之際，本以為死去的阿信突然又出現，大概阿信向他說了種種理由，令他也糊裡糊塗想死吧。雖然事情已經過去，但被女人迷住實在很恐怖。只因少主被阿信這女人迷住，才會發生這麼嚴重的事件，讓三千石宅邸完全垮掉。」

「小姐的屍體終究沒浮上來嗎？」最後我問。

「不，那個叫阿春的小姐……」老人哀悼地皺起眉頭。「也不知怎麼流，又流到哪裡，最後在房州❖海面發現。這是事後聽說的，房州漁夫到海面捕魚，活捉了一尾大鯊魚，剖開魚肚後，裡面滾出一具年輕女孩屍體。那時漁夫不知屍體是誰，但衣服和隨身物成為證據，判明是淺井家小姐。每個人運氣都太壞了，簡直不像話。淺井的夫人阿蘭回到菅野娘家，但丈夫淹死，兒子殉情，女兒下場又如前面所言，更加瘋狂，聽說不久便過世。三河屋清吉和千太一樣，審問期間死在獄中。」

❖房州：千葉縣南部。

唐人飴

新來的唐人飴小販舉止氣質與一般大不相同，
有人傳說是幕府密探，未久又謠言是盜賊偽裝。
某日羅生門巷子出現一條棄置斷臂，
至此近鄰認定是他行竊失手，遭武家人砍傷……

唐人飴

一

今日雖非完全絕跡，但東京市內已罕得看到賣糖人。直至明治時代為止，還有很多敲鉦叫賣的賣糖人，隨意在路旁擱下攤子，以小孩為對象賣吹糖。這種吹糖人或捏麵人雖可說是江戶時代遺物的街頭販子，但口中含著牛奶糖或水果糖的現代小孩已逐漸離棄他們，往昔的攤子自東京市中心消失，連在偏僻地區偶爾可見的賣糖人，也幾乎看不到年輕人接手。大部分都是抽著鼻涕的老人，令人覺得這正是世事變遷的光景，勾引出某種哀愁。

在賣糖人還相當興盛的明治時代三月末，某個早上，天氣晴朗得幾乎讓麴町山王山的櫻花盛開。我按例打算拜訪半七老人，在赤坂大街信步而行時，路旁有二三個小孩圍在賣糖攤子前。

這是當時街上常見光景之一，並不稀奇，我逐漸走近才覺得奇怪，原來有個老人站在攤子前，熱心跟賣糖男子聊天。那人正是半七老人，看似泡了晨澡回來，拎著濕手巾，暖和朝陽映照他側臉。

半七老人和賣糖人雖非不相稱的對照，但平素對人吹毛求疵的老人，一早便光顧賣糖攤，感覺跟他的年齡有點不合。我雖沒有嚇唬老人的惡意，卻躡手躡腳挨近，在老人身後冷不防出聲。

「早安。」

「哎，你……」老人猛然回頭笑出。

「我正打算再去打攪您……」

「喔，歡迎。」

老人跟賣糖人分手，和我一起走開。

「那個賣糖人是劇院茶館夥計，」老人說：「畫得一手靈巧的糖人兒，劇院休息時靠賣糖賺錢。」

那賣糖人果然是個三十左右的時髦男子，肩上掛一條染有演員字號的手巾。

當時各劇院並非每個月都開場，一年只上演五六次或四五次，劇院服務員或茶

おでん屋
おでんかん酒

館夥計通常在停演期間各自靠副業賺錢，像是賣烤雞串、賣關東煮、賣糖、賣米粉糕等等。因此這些小販中有時可發現相當時髦的男子。也有無論戲劇或花柳界話題都可應答如流的人，那時代的街上小販可不能小覷。這賣糖人也是其中之一，他是半七老人的戲友。

到家後，如常進入六蓆榻榻米房，賣糖話題仍沒結束。

「現代人都稱他們為畫糖人，往昔也稱為糖鳥。」老人說明：「日後雖演變為做出各種花鳥人物，但聽說最初只做小鳥形狀，所以我們都稱糖鳥。一句話說是賣糖人，但往昔各式各樣。其中與眾不同的是唐人飴，打扮成唐人模樣來賣糖。賣的不是畫糖，而是切成塊狀的糖棒，一根兩根零賣。」

「那麼，是不是跟《和國橋髮結藤次》戲中出現的唐人市兵衛一樣？」

「是的，是的。穿著印花布裁製的唐人服，頭戴裝飾鳥羽的唐人斗笠，穿著布鞋，有敲鉦來賣，也有吹嗩吶來賣。小孩買了糖後，賣糖人會討好地唱起莫名其妙的歌，就是看看舞❖的曲調，比劃著很怪的手勢跳舞。那當然是騙小孩的，只是因外型與眾不同，又會跳怪舞，在孩子之間很受歡迎。不過，唐人飴中也有各式各樣的傢伙……」

❖**看看舞**：自長崎出島流行開來的唐人風舞蹈，據說起源是荷蘭或中國，歌詞由一連串模仿中國語的字串所組成。

看看踊打扮之圖
鼓弓
蛇皮線
大鼓
鈙鼓

話匣子打開了，我不禁坐正，老人咧著嘴笑。

「既然不小心說溜嘴，你那順風耳當然不會聽漏。我就說吧，你慢慢聽。」

嘉永三年十月最後一天，著名西醫高野長英改名換姓躲在青山百人町（現南町六丁目），遭捕吏包圍而自殺。翌年四月，就《半七捕物帳》年代來說，正是〈大森雞〉事件後約三個月，以青山百人町為中心，又發生新案件。

看江戶地圖便知道，青山有個久保町。明治時代後雖編入青山北町四丁目，但江戶時代時則緊鄰綠町、山尻町，在武家宅邸間形成商家地區。久保町有座淨土宗的高德寺，裡面有戲劇或說書中熟悉的河內山宗春之墓。高德寺旁有一座熊野權現神社，通往神社的巷子俗稱御熊野巷子。

御熊野巷子是往昔俗稱，最近又多了個羅生門巷子的別名。吉原有個羅生門河岸，青山也出現了羅生門。來由解釋著會愈說愈長，總之就是嘉永二年至三年間，每年各發生一起殺傷案，兩次的被害者都遭砍斷一條手臂。即便是江戶時代，手臂遭砍斷的案子也很罕見。怪的是兩年連續發生，因此人們聯想到渡邊綱砍斷妖鬼手臂的傳說，也並非有人先取名，總之羅生門巷子這稱呼就如此

❖**嘉永三年**：一八五〇。

❖**高野長英**：譯述醫書，奠立日本近代科學體系，關心國事民生。後因批評幕府而入獄，趁火災越獄，四處潛逃，自殺時四十七歲。

❖**河內山宗春**：幕府的奉茶和尚，以水戶家發行的彩券為由勒索水戶家，日後死在獄中。

❖**熊野權現神社**：現澀谷區的熊野神社。

❖**渡邊綱砍斷妖鬼手臂**：渡邊綱在歸宅途中行至一条橋畔，遇見自稱迷途的女子，善心送她回家，沒想到佳人露出妖鬼茨木童子的真面目，抓住渡邊的髮髻，結果被砍下手臂，逃之夭夭。事後化身渡邊的叔母，登門取走斷臂。在謠曲《羅生門》中稱為「羅生門之鬼」。

誕生。

去年夏末起，有個男人來久保町、綠町、百人町這一帶賣唐人飴。因在這一帶很稀奇，據說生意相當好，但不知誰先說起，大家謠傳那賣糖人不是普通賣糖人，其實是幕府密探。之後發生高野長英逮捕事件，長英以短刀刺死捕吏之一，又讓另一人受傷，最後演出刺咽喉自殺的大武戲，讓近鄰嚇得心驚膽跳。因此眾人都說那個唐人飴販子肯定是幕府密探，不然便是町奉行所手下變裝，來這兒搜尋長英。

然而，長英事件之後，那販子依舊來做生意。賣糖人年約二十二三，是個膚色略微白皙，人品不壞的男人，對任何人都討好賣俏，因此眾人內心雖覺得有點可怕，卻沒人特別討厭他。他也毫不在意地和人說些長英的謠傳。在這之間，自冬天至翌年春天，這一帶屢次發生竊案。

「那個唐人飴販子可能是小偷。」

人們的謠言實在很怪，起初懷疑人家是捕吏，這回竟反過來懷疑他是小偷。眾人說，他大概白天來叫賣糖，探看各家情況，夜晚再化為小偷行竊。有不少人相信謠傳，只因沒確鑿證據，也就無可奈何。

「那個賣糖人再來時，千萬不能買。」

當地人如此告誡，不讓孩子買糖。他們認為沒生意的話，賣糖人自然不再來。如此，當地人雖避開他，他依舊來做生意。不管孩子買不買，照樣敲鉦，唱著奇怪的歌，表演唐人看看舞。於是眾人又說，最近明明沒生意可做，卻堅持繞來賣糖很可疑，益發白眼對他，但他似乎完全無所謂。有人問他名字，他回說叫虎吉。又說住在四谷的法善寺門前町。

四月十一日早朝。久保町豆腐舖定助因他的業種早起，正在推磨磨黃豆時，一名女子踉蹌衝進昏暗舖內。

「哎呀，糟糕了……真把我嚇一大跳！」

女人是住在町內實相寺門前的常磐津三弦師傅文字吉，不知是要祈甚麼願，一早就前往熊野神社參拜，據說在御熊野巷子，也就是那條羅生門巷子，發現一條人的手臂。

「在那羅生門巷子……又有人的手臂……」

定助也臉色大變。他不敢獨自前去確認，便和文字吉一起先去敲町幹部家大門。接著通知左鄰右舍。

人的手臂落在路上，當然是奇禍，且地點是那條羅生門巷子，更讓這一帶居民騷然不安。如此砍手臂案件便是連續三年發生，即使不迷信的人，也會皺眉想著「又發生了」，這是人之常情。近鄰眾人揉著惺忪睡眼，爭先恐後趕到羅生門巷子，此時又多了一項讓他們吃驚的材料。

「那手臂……是唐人飴小販！」

落在路上的男人左臂，看似穿著衣服被砍斷，手臂上還留著直筒袖。直筒袖是任誰都看過的唐人飴服裝。一定是那個可疑的小販，在此處被人砍斷手臂。有關這點，又傳出各種風聲。

「那小子肯定是小偷，想搶奪武家人財物而被砍了。」

「不，小偷這點沒錯，但肯定跟同夥鬧翻，才被砍了。」

無論如何，一般唐人飴小販不可能深夜還在這附近徘徊。不管因何被砍，他毫無疑問是個盜賊。就算只有一條手臂，還是屬於人的部份，不能如貓狗屍體那般處理，就在町幹部正辦理訴訟手續時，有個男人信步進來。

男人是半七手下庄太。庄太雖住在淺草馬道，因菩提寺是遠方百人町的海光寺，今天是他父親忌日，所以一大早便來掃墓，這才聽到這一帶廣傳的唐人飴風聲。因業種使然，他無法聽而不聞，於是到町幹部辦事處露面。

他先要求看那手臂。檢查留在手臂上的直筒袖。又順便打聽那賣糖人的年齡和長相，以及平素做生意的狀況。之後繞到熊野權現神社附近，調查羅生門巷子現場。這兒是緊鄰山尻町邊境的昏暗巷子，一側是御家人小宅子和小商舖連在一起，白天也罕見行人，神社內高大的朴樹又覆蓋巷子，讓窄巷更顯昏暗。

庄太離去後，又發生一件令附近居民嚇一跳的事，原來那個唐人飴虎吉，竟如常敲著鉦來了。聽到砍手臂一事，他瞪大眼睛說：

「那真是令人吃驚。不過我沒事，請大家放心。」

他展開雙手，在眾人眼前表演了平素的看看舞。雙臂確實都在。如此一來，這一帶居民也只能目瞪口呆了。

二

神田三河町半七家，頭子和庄太相對而坐。

「可是，當地人也真蠢。」庄太笑道：「當地人蠢就罷了，町幹部那些人應該更有眼力才對啊……那手臂不是現場砍的。若非有人從某處撿來，就是狗叼來，二者居一。砍了一條手臂，應該會冒出很多鮮血，那附近根本尋不著血跡。」

「最初發現那手臂的常磐津師傅，是怎樣的女人？」半七問。

「是住在實相寺門前一個叫文字吉的女人，我去造訪她時，說是出門到澡堂，不在家，問了近鄰，據說年約三十四五，膚色淺黑，長相看上去很好強，容貌還不錯……淨琉璃的程度倒沒多好，但有不少好弟子，也有人從相當遠的地方來學，聽說以偏僻地區的師傅來說，手頭算富裕。」

「文字吉沒大爺或丈夫嗎？」半七又問。

「有大爺。」庄太回道：「據說是原宿町一家叫倉田屋的酒舖老闆，文字吉也真可佩，聽說只守著那大爺一人，不但不胡搞，而且為了顧慮大爺，聽說完全不收男弟子。以現今的師傅來說，這不是很罕見？」

「的確很罕見。傳喚她到奉行所，賞她五貫文錢怎樣？」半七笑道：「師傅暫且不管，有關那手臂……那個唐人飴小販是怎樣的人？住在哪裡？」

「我聽說是住在四谷法善寺門前的虎吉，歸途便繞去法善寺門前，一家家找，根本沒老虎也沒熊。那傢伙，準是胡說八道。」

「也許吧。可是，雖說江戶大，賣唐人飴的也不可能有五十或百人。只要在同夥中一個個查下去，應該查得出吧。」

「那，要馬上去辦嗎？」

「總之不辦不行。」半七說：「恰好手下源次有個朋友在賣糖。你跟那小子商討一下。我也到青山看看。」

說到此，半七又想了一下。

「庄太，聽你說當地人認為那個賣糖人是密探或捕吏，該不會真是這樣吧？」

因受人懷恨，或有人害怕罪行敗露，密探和捕吏有時會遭暗殺。這樣的話，對方不可能將手臂丟在有人看到的地方。尤其留下可當證據的唐人服袖子，未免過於粗心大意。只是，世間有膽大包天的傢伙，也有可能故意指桑罵槐而那樣做。倘若如此，便是住那附近的壞旗本或壞御家人幹的。半七暗忖，對方若是武家宅邸人，調查起來就很困難。

過一會兒，庄太突然大叫。

「啊，糟糕！我忘了一件重要事。頭子，原諒我。那條手臂，其實不是用銳利東西一刀砍下。似乎是用短刀或菜刀嘎吱嘎吱割下。傷口看起來是這樣。」

「是嗎?」半七又陷於思考。這樣一來,凶手可能不是武家人。不管怎樣,在這兒想來想去也沒結果。只能先去現場調查一下,再臨機應變採取處置方式,於是跟最初預定一樣,先從賣糖人同夥查起。手下源次在下谷開木桶舖。半七再度叮囑庄太,萬事都和源次商討再進行。

「是。頭子明天要到青山嗎?」

「日頭快下山了,這時刻到偏僻地區也沒用。明天再慢慢逛過去。」

「那,我就這麼去辦。」

庄太答應後便回去。離去時他炫耀今天挖到的寶物,說多虧到青山掃墓,也許是過世父親的指引,令半七笑了出來。半七挖苦說,真該感謝父母,讓你這種不孝子挖到寶,庄太只得搔搔頭回去。

第二天早朝是晴天。半七到八丁堀宅子,大致報告將調查唐人飴一事,之後信步登上山之手,季節是舊曆四月,青山一帶正如其名,放眼望去都是綠葉。

明治時代以後,這一帶變化很大,幾乎找不到往昔遺跡,總之只要把今日熱鬧的青山大道,想成全是武家宅邸就好。商家只有善光寺門前和這故事中的久保町一部分而已。青山五丁目、六丁目是百人町武家宅子，有名的盲女調❖唱的那首眾所皆知的「青山百人町，有位鈴木主水武士❖」，似乎曾住此地。

來到這空寂偏僻的武家宅邸區，半七不禁駐足。他聽到戲棚子的鑼鼓聲。從江戶這方過去，右側是久保町，久保町斜對面左側是梅窗院觀音菩薩。梅窗院一旁是真言宗的鳳閣寺，鑼鼓聲正傳自那寺院境內。

「唔，是小三的戲劇。」

江戶的劇院只限有淵源的三個劇團演出，神社寺院境內搬演的稱作野台戲或野外戲棚，可以搭棚子上演。當然，規模不過是在圓木上舖蓆子，跟雜技棚差不多，在當地也算受歡迎。鳳閣寺的野外戲棚是一個叫坂東小三的女演員主持的，半七也知道在這一帶相當有人氣。

雖知道小三名字，但半七從未看過她們的戲到底如何。半七受鑼鼓聲吸引，跨進境內，從長出嫩葉的櫻樹樹枝間，可看到簡陋戲棚前豎著七八根新舊混雜的旗幟，有女人和小孩在觀看外面招牌。戲棚子內正熱熱鬧鬧敲鉦打鼓。看來剛上演〈和藤內捕虎〉那幕劇。招牌上也粗大寫著《國姓爺合戰❖》。

「國姓爺？竟然演這種大戲。」

❖**盲女調**：用三弦伴奏唱歌乞討的盲女，唱的都是悲歌民謠，由東北地方來的盲女首創，之後在江戶廣為流行。

❖**「青山百人町，有位鈴木主水武士」**：青山有位武士叫鈴木，因迷上妓女白系，不但被幕府沒收家產，妻子也留下兩個小孩自殺。白系得知老婆自殺，也因內疚自盡，鈴木在兩個女人死後，也跟著自戕。

❖**《國姓爺合戰》**：近松門左衛門作，一七九．首演，故事是鄭芝龍和中日混血的兒子鄭成功反清復明的過程。戲劇中，鄭成功的名字是和藤內。

和藤内と虎

半七似乎想起某事，付了十六文進戲棚。〈捕虎〉這一幕只出現和藤內與他母親，以及唐人和老虎。團長小三扮和藤內，正跟穿著簡陋布衣的老虎激烈武鬥。看完這一幕，半七本打算離去，又改變主意，繼續看下一幕〈樓門〉。

這幕出場的是和藤內父母、和藤內、錦祥女、唐人、唐女。小三的弟子小三津飾錦祥女。從舞台妝很難推測真實年齡，但小三津看似僅有二十四五，五官端正的鵝蛋臉，就野外戲棚子的錦祥女來說，容貌甚至過於漂亮。因是入場費只有十六文的野台戲，假髮和戲裝都簡陋得不像話，半七覺得有點可憐。〈捕虎〉那幕出現的老虎相當敏捷。以老虎來說身形很小，看上去竟像狗，卻靈敏地跳來跳去，還翻了二三次筋斗，讓觀眾喜不自禁。女演員不可能演出這種把戲。半七判斷，一定是男演員穿著布衣扮老虎。

三

走出鳳閣寺境內，半七又前往久保町。這兒也有町幹部辦事處。半七到辦事處和町幹部會面，大致問出斷臂案的來龍去脈，卻沒新線索，跟庄太的報告差不多。只是，這兒有件事令他很意外，就是那可疑的唐人飴小販昨天也滿不在乎地出現。而且雙臂都健全。

「那個賣糖人每天都幾時來？」半七問。

「通常是八刻（下午兩點）左右。」

離八刻還有半個時辰閒暇。半七決定在這其間先去吃頓稍遲的午飯，但附近人生地不熟，隨便闖進不好的舖子也徒增不快，為了暫時充飢，進入附近一家蕎麥麵舖，裡面沒其他客人。在等蕎麥麵端出時，他抽著菸環視四周，發現燻黑牆上掛著坂東小三的戲劇傳單。

舖子很小，眼前便可看見在灶前工作的老闆。半七回望傳單，向老闆搭話。

「小三的戲棚子似乎生意很好。」

「您去看了？」老闆說。

「其實剛剛看了兩幕才來的，真是不能小看野台戲。每個都相當有本事。」

聽到有人誇獎本地戲劇，老闆似乎也很高興，滿面笑容地回答：

「雖不及江戶人看的玩意兒，但大家都說她們演得好。在這一帶很受歡迎。」

「應該吧。演錦祥女那個小三津很漂亮。」

「是的，小三津不但年輕，容貌也漂亮，是個紅人。」

邊吃蕎麥麵邊聽老闆說，原來團長小三已三十七八歲。小三津是團長弟子，年僅二十二三。小三津這回演的錦祥女雖然評價不錯，之前演《鎌倉三代記》❖的時姬也得好評。因此小三津是戲班子紅角，但不知為何，最近得罪師傅，前些天也在後台挨了師傅一頓斥罵。小三津哭著說要退出戲班子，卻因紅角退出會影響生意，其他人從中調解才圓滿收場。

「再怎麼說總是一群女人聚集的戲班子，內部可能有種種規矩吧。」老闆說。

「小三津為何挨師傅罵？戲演得不好？還是有了情郎？」半七笑著問。

「小三津是個保守女人，至今為止從沒聽過她的艷聞，聽說現在也沒有……」

老闆歪著頭說：「她存了一些工錢，據說衣服也很多，可不知怎麼回事，錢和衣服都沒了，被師傅發現才挨罵。到底怎麼回事？」

「難道她會賭博？」

「也許吧。戲班子的人，有些女人也會賭幾把。要是因正派事而把錢花光，不可能遭師傅那般斥責。大概做了甚麼壞事。」

❖《鎌倉三代記》：故事背景搬到鎌倉時代，實際演的是德川家康女兒時姬（千姬）夾在父親與戀人之間苦惱不堪的故事。

「唔。」半七又叫了一碗蕎麥麵，再問：「剛才去看時，發現入口豎立小三津的新旗幟。送旗幟的是常磐津文字吉。小三津和文字吉有啥關係嗎？」

「文字吉是實相寺門前的三弦師傅，非常捧小三津的場，時常送東西到後台或送旗幟，有時會請小三津到附近飯館，小三津也很高興，最近常到師傅家。」

「不可能因此而挨罵吧。」

「當然這跟挨罵無關……」老闆笑著。「兩個都是藝人，又都是女人，到給自己捧場的主顧家玩，師傅不可能囉唆甚麼。」

「說得也是。要是那麼不知趣，沒法兒幹戲子這行。」

接下來又東牽西扯，這回轉到文字吉的八卦上，但老闆沒說她壞話。果然如庄太報告，她為了酒鋪大爺而不收男弟子。弟子不是近鄰女兒，就是來自遠方的女人。老闆說，每個月除了大爺給的生活費，還加上有不少有錢弟子，師傅手頭似乎相當寬裕。

「來自遠方的是啥弟子？」半七問。

唐人飴

「反正從遠方來，沒年輕人，大抵是二十多或三十多的半老徐娘。有些從日本橋或神田下町來，有些從四谷牛込的山之手那邊來。看上去都是姨太太或寡婦那類。」

半七覺得再追究下去也不好，便付了錢走出蕎麥麵舖。聽說文字吉這師傅琴藝不很高明，為何半老徐娘的女弟子會特地自遠方來？這裡頭可能有文章。半七邊思考邊在熊野權現神社附近繞了一圈，來到實相寺門前文字吉家，出來個五十六七看似管家的女人，一雙三角眼目光凌厲，冷淡回答：

「師傅感冒正在休息。你是哪位……」

「我是受想入門的孩子之託，從赤坂來……」半七溫和地說。

「是嗎？」她望著半七又答：「不管怎樣，師傅昨晚就躺下了，請改天再來。」

「聽世間風聲，師傅昨天早上，在熊野附近發現一條掉落路上的手臂……是不是因此而發燒？」

「不知道。」

她眼睛益發光亮。在此表明身分也無趣，半七隨便打個招呼便匆匆離去。

到外面一看，也不知何時來的，鹹米果舖前聚集一堆孩子，唐人飴那男子正在路上跳看看舞。他按慣例戴著唐人斗笠，穿著怪里怪氣的印花布唐人服，糖箱擱在地面，高舉雙手跳著舞，膚色有點白皙，眼神溫和，確實是個不討人厭的男人。半七駐足觀看一陣。

孩子們只是笑著看對方跳舞，沒人買糖。大概雙親不給他們錢。但賣糖人完全沒有不悅神色，跟孩子們不知在開甚麼玩笑。

畢竟天氣很好。日頭還高。總不能大白天在路上一直跟著那賣糖人，半七仔細看清那人長相，打算暫且先離去。正要離去時，文字吉家的管家婆從後門出來，看似在偷窺半七行動。

半七暗自判斷，這阿婆不是普通人物。他邊走邊想接下來該怎麼辦，走至久保町大道盡頭時，在雜貨舖前看到有個職人擱下道具，正在

更換水桶箍。是沿路叫賣水桶的小販。半七心想起該不會是他吧，探看了一下，那職人果然是手下源次。他走過職人身邊，乾咳一聲打暗號，源次停了手上工作抬起臉。兩人對望一眼，默不作聲分手。

既然源次來了，庄太說不定也來了，半七仔細環視四周，沒看到像庄太的人。走出大道，百人町武家宅子沉在綠葉下，初夏白天靜謐得像睡著一般。杜鵑自澀谷上空邊啼邊飛往青山。

半七偶爾回頭看，來到善光寺門前，源次似乎已匆忙做完工作，自後追上來。半七抬抬下巴打招呼，正要穿過善光寺的仁王門時又突然駐足。青山善光寺的金剛力士自古以來便很有名，尊像前供奉很多草鞋和木屐。

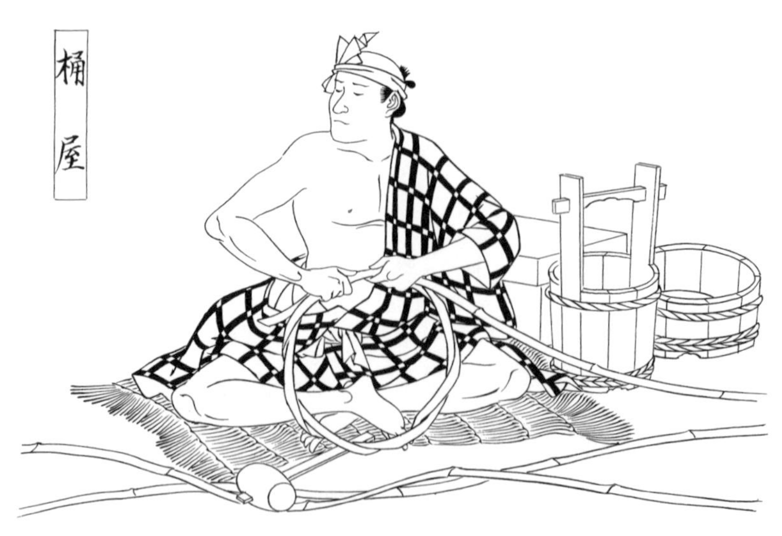

也有香客捐贈的石製大香爐。半七看到有個年輕男子在香爐插了線香，專心合掌。

是個年約十八九的男子，膚色白皙，從他髮髻和身上打扮，一看便知是演員。他蹲著俯首合掌。半七發現，那姿勢與和藤內捕虎那幕戲中的老虎酷似。湊巧兩個十三四歲的小姑娘路過。

「哎，照之助在那邊拜。」

小姑娘們幾次回頭看那年輕演員，她們過後，半七追上小聲問：

「那演員叫啥名字？」

「市川照之助……在淺川戲棚演戲。」小姑娘之一說。

「淺川戲棚……」半七想了一下。「他不是在小三戲棚演戲嗎？」

「也有人這樣謠傳，但他是男演員，至今為止都在淺川戲棚演戲……」另一個姑娘說。

「謝謝。」

小姑娘們離去後，半七又看了一會兒市川照之助的姿勢。年輕演員似乎毫不知情，始終對著金剛力士不知在祈禱甚麼事。

四

善光寺境內很廣。半七帶源次到眼目稀少之處，聽源次報告，源次說，他聽庄太吩咐，昨晚至今早問了交情好的賣糖人，但對方說夥伴中沒有前往青山叫賣的唐人飴。

「這樣看來，那個賣糖人不是真正小販。果然是個冒牌貨。」源次說：「頭子，您剛才一直在瞪那年輕演員，那人有甚麼問題嗎？」

「唔，那傢伙不是普通人物。」半七說：「我覺得那傢伙的拜法有問題。對方既是藝人，無論信仰不動明王或要拜金剛力士，當然都不奇怪，但那傢伙不是普通拜法。他好像認真在祈禱啥。」

「他是演員，身體自然會擺出架勢，所以看起來很認真吧。」

「不，不是。拜法和舞台上演技不同。那傢伙是真心拚命在祈禱。那傢伙據說是淺川戲棚演員，但似乎不是。我剛才看的小三戲裡有那傢伙出現。首先，我無法理解的是小三戲班子都女演員，若混有男演員，不合道理。野台戲或許可以不計較，但男女混演是違法行為。我想，可能沒人能扮老虎，偷偷借來男演員，而那演員竟變了臉色在祈禱……這點令人想不通。裡面可能有文章。」

「那，我該怎麼做？」

「這個嘛，」半七又邊想邊說：「沒辦法，你在這附近繼續叫賣，找些線索來。常磐津師傅和管家婆，那兩人也很可疑，你注意一下她們行動。」

無論如何，當地畢竟是行人稀少的偏僻地區。老在這附近徘徊，恐怕會引人注目，半七在此和源次分手，決定先回去。

歸途中慎重起見，半七來到淺川戲棚前。當時青山有很多現代人沒聽過的町名。自久保町筆直往權田原方向前進，左側持續是規模較小的淺川町、若松町等。正是現今青山北町二丁目那一帶。淺川町空地也有個簡陋戲棚，這是男演員戲班子。半七站在戲棚前觀看，看到庵形招牌一角寫著市川照之助名字。

庵看板

這時，有人悄悄拉了半七袖子，回頭一看，原來是庄太挨近。

「頭子碰到源次了嗎？」庄太低聲問。

「嗯，碰到了。他應該在善光寺前逛來逛去。你跟他商討後好好辦事。」

「是。」

半七將事情託給庄太，回到神田。他去看鳳閣寺內的野台戲，並非單純基於喜愛，而是那兒正在上演《國姓爺合戰》。如此一來，正如他預料，抓到一條線索。但光這線索也無法完全解決此案。他還必須思考文字吉的問題。也得思索小三津和照之助的問題。

第二天上午，庄太擦著汗衝進來。

「頭子，對不起！擺了個大烏龍，請您原諒我。」

昨天傍晚他讓源次回去，自己在百人町菩提寺借宿一晚。而當天夜晚，據說又發生一起案子。

「怎麼了？」半七問：「又有人被砍了？」

「是的……場所同樣是羅生門巷子，路上掉了一條唐人飴手臂。」

「原來如此。」半七得意笑笑。「接下來呢？」

「一樣留下唐人服直筒袖。就算是羅生門巷子，不到三天竟被砍了兩次手臂，附近鬧哄哄的。我也很意外。」

「手臂跟之前的一樣？」

「不是。之前的膚色有點白，這回是黝黑精壯的手臂。之前的是年輕小子，這回怎麼看都三十歲以上，可能是四十左右的傢伙。明明在當地過夜監視，竟發生這種事，挨甚麼罵都沒話說。這是庄太此生的最大失敗，是我的錯！」

庄太誠惶誠恐。

「現在罵你也來不及了。為了贖罪，你認真去幹。」半七苦笑。「你趕快回青山，查一下那一帶的外科醫生。這回被砍的是附近的傢伙。一定會在昨晚拜託醫生醫治。至於誰砍的，我心裡有譜。我會帶人過去，找出那凶手。」

「您知道誰是凶手？」

「大致知道。果然就近在眼前。大概是淺川戲棚的市川照之助。看來他為了獲得力量，才去拜金剛力士。我總覺得那傢伙眼色有異，昨天起就懷疑是他。」

「可是跟唐人飴有甚麼關係？被砍下的手臂，兩次都穿著唐人飴直筒袖……」

「你大概不知道，鳳閣寺的女戲棚子正在上演國姓爺。因是十六文的野台戲，戲服簡陋到慘不忍睹，在〈捕虎〉和〈樓門〉那兩幕出現的唐人，也沒啥戲服可穿。都是廉價印花布，看起來跟唐人飴服裝一樣。看到那戲服，我就認為這回的砍手臂案件一定跟女戲棚子有關，現在更確定了。應該是照之助那傢伙砍了某人手臂，再裹上唐人戲服的袖筒，故意丟在羅生門巷子。原因也大致明白了，這說來話長。你先記住以上的事，快去青山。」

聽完半七說明，庄太點了幾下頭。

「明白了，我這就動身！」

庄太離去後，半七換了衣服在家等待，不久，龜吉來了。

「喂，龜仔，辛苦你一趟，陪我到青山。」半七立即起身。「途中再說明給你聽。」

龜吉對這種事已經習慣了，默默跟著半七走。

邊走邊大致說明，抵達青山之前，上空靠不住地暗下來，半七說，應該可以撐過今晚。這一帶的野台戲天未黑便散場了。尤其照之助似乎只演〈捕虎〉那一幕，要是磨磨蹭蹭浪費時間，他可能就跑回去了，於是兩人快步趕到鳳閣寺，水桶小販源次正在門前等。

看到兩人，源次奔過來，皺著眉說：

「剛才和庄太先生碰過頭，好像又發生怪事……」

「又發生……發生啥事？」半七催促問。

「打聽這戲棚的事時，演老虎的傢伙確是市川照之助，但今天沒來後台。最受歡迎的老虎演不成，加上演錦祥女的女演員坂東小三津也說急病，今天沒上舞台。雖然對外說是急病，其實是失蹤了，戲棚那邊似乎鬧得很厲害。在這種關鍵時刻，不是有點怪嗎？」

「唔。這真的不妙。」半七咂嘴。「那，小三津家住哪？」

「小三津在師傅小三家裡。小三家是善光寺門前。」

「照之助家呢……」

「照之助跟哥哥岩藏住在若松町後巷大雜院。哥哥也是演員，叫市川岩藏，是個半演戲半賭博的痞子，在近鄰風聲不好。母親叫阿金，在常磐津師傅文字吉家負責類似管家的工作，這阿婆似乎也相當精悍。我到照之助家探看過了，兄弟倆都不在，家裡空無一人。」

「岩藏在哪邊演戲？」

「跟弟弟在同一座戲棚子，但不知發生甚麼問題，這二三天都請假。」

半七心想，這樣一來，唐人飴的謎等於解開一半。最初發現的是市川岩藏的手臂。第二次的手臂雖不知是誰，但下手的是市川照之助。看來照之助為了替哥哥復仇，砍了對方手臂。之後裏上相同的唐人戲服袖筒，丟在同一場所。第二次的手臂之主，只要庄太查出外科醫生回來，應該可以得知。

只是還有一點不明白，就是打開始便在這一帶叫賣的那個可疑唐人飴小販的真正身分。另一點是坂東小三津為何失蹤。她跟師傅小三不合，擅自離開戲班子？還是另有原因？跟常磐津師傅文字吉完全無關嗎？管家婆阿金既然是照之助兄弟的母親，不可能與事件無關。這些秘密不解開，半七也不能動手抓人。

「說來是地點太壞了。」半七喃喃自語。

對隸屬町奉行所的半七一行人來說，場所確實不利。案件相關者很多都住在寺院門前町。實際上這戲棚子也在寺院內。寺院內自不在話下，寺院門前町的住家也都屬寺社奉行所管轄，町奉行所的人要是隨意動手，會引發管轄權問題。必須先查出確鑿證據，再通過町奉行所報告寺社奉行所，取得諒解後，町奉行所的人才能自由活動。看中這點，寺院門前町往往有不少鑽法網的人。而幕府明知有漏洞，卻因凡事重視慣例，直至江戶時代結束，始終不肯修法。

等庄太回來其間，三人也不能老站在寺院門前，只得留下源次，半七和龜吉兩人在百人町大道信步而行。因沒地方可去，兩人進入昨天那家蕎麥麵舖。

五

看半七昨天今天都來，蕎麥麵舖老闆也多說些客套話。而今天和龜吉一起，半七叫了一瓶酒。

「這一帶有沒有吃得開或類似頭目身分的人？」半七問。

「因是這種場所，雖沒啥大人物，但有個原宿彌兵衛。」老闆答。「類似嘍囉的有五六個，在這一帶相當吃得開。」

「淺川戲棚的演員岩藏，是彌兵衛的嘍囉？」

「岩藏先生是演員，算不上嘍囉，但那人有點壞癖好，好像也在彌兵衛先生那兒出入。」

「是不是禿頭平？」龜吉插嘴。

「不是。禿頭平先生前年過世了。他是町內架子工頭兒，本名叫平五郎，因頭髮禿了，大家才給他取那麼個綽號。他真是大好人，為町內做了很多事。原宿的彌兵衛是另一個，這人不像禿頭平那樣好。再說，嘍囉角兵衛比頭目更吃得開……本名大概叫角藏或角次郎吧，這一帶大家都叫他角兵衛。那個角兵衛先生風聲實在不太好……」

老闆說到這裡時，庄太在布簾外往裡探看。看到老闆就在眼前，他喚半七出去。

「怎樣？查到了？」半七小聲問。

「查到了。」庄太也小聲說：「這附近沒外科醫生，逐漸找下去，找到宮益坂那邊。醫生叫岡部向齋，看來被堵了嘴，起初佯裝不知情，我暗示他這邊是公差查案，他終於老實說出。他說昨晚四刻（十點）過後，原宿彌兵衛的嘍囉抬個傷患進來，不知在哪裡被砍的。傷患是彌兵衛嘍囉之一，叫角兵衛，左手臂被砍斷。醫生說可能是打架，但不致喪命。」

第二回的手臂主人，正是剛才老闆說的角兵衛。即便被砍的角兵衛緘口不言，但照之助砍人手臂又丟棄路上，在世間引起騷動，不能不予過問。接下來更必須查出照之助行蹤，只是無論要做甚麼，都得先取得寺社奉行所允許，否則不便出手，於是半七將之後的工作交給庄太和龜吉辦，決定再度離去。

他歸途直接繞到八丁堀同心宅子，報告一切經過，並請町奉行所辦理通知寺社奉行所的手續。接著回神田自家，當天夜深時龜吉和源次也回來。

根據他們報告，角兵衛在頭目彌兵衛家養傷。雖不知岩藏怎麼回事，但很可能在常磐津師傅家養傷，因母親阿金曾到赤坂買刀傷膏藥。而師傅文字吉也推說感冒，停止授課，連澡堂也不去地躲在家裡。

「那個賣糖人呢？」

「賣糖人一整天都沒來。」龜吉說：「近鄰都說，那個賣糖人偏在今天沒來很奇怪。大家都說下次的手臂一定是那個賣糖人的。」

「今天沒來嗎？有二就有三。當然他不可能認為下回將輪到自己，但確實是個怪傢伙。」半七也歪著頭。「暫且不管他，先解決照之助問題要緊。我已通知寺社奉行所那邊，以後不用客氣。啥地方都可以闖進去抓人。」

如此一來，因源次是眼線，專門在幕後辦事，不能公開抓人。半七決定只帶龜吉去，當天晚上就那樣分手。半夜下起雨。

庄太人在青山。這邊是半七和龜吉去。雖然並非需要三人聯手的大規模逮捕，但一事牽引另一事，說不定又會發生狀況，總之決定三人分頭辦事。

第二天四月十四日，昨晚的雨在今早也已放晴，半七和龜吉早朝便前往青山。這一帶綠葉顏色逐日加深，今天早上杜鵑也啼叫著飛過數次。

庄太在鳳閣寺門前等。

「早。」他向半七打招呼，指著寺院裡邊。「今天停演。小三津仍然行蹤不明。其他也有演員請假。團長小三也情緒消沉，說血氣不順啥的，沒來戲棚。因此無法開演，只得掛出休息的木牌。戲棚人都抱怨說，明明很賣座的戲，竟搞砸了。」

「是嗎？」半七點點頭。「總覺得常盤津三弦師傅那傢伙有古怪。就先到那邊調查吧。」

三人一起到久保町實相寺門前，聽到文字吉家傳出女人咒罵聲。挨近一看，有個將近四十的女演員帶著兩個看似弟子的年輕女子，在格子門內跟人爭論不休。對手是管家婆阿金。雙方似乎都不認輸，勢均力敵對罵。

「那個半老徐娘正是小三。」庄太小聲說。

「別藏了，把小三津叫出來！」小三說：「師傅來把弟子帶回去，一點都不奇怪。」

「管妳奇不奇怪，反正人不在這裡。大概對師傅死心，到其他戲棚子去了。老來這兒找碴也沒用。妳也是個演國姓爺的人，乾脆到唐國天竺去找吧。」阿金嘲笑道。

爭執的火苗愈燃愈烈。小三如在舞台演和藤內那般，睜著大眼怒吼：

「妳再裝蒜也沒用，沒用！我手中有證據，這兒的師傅是妖物。明明是女人還專門騙女人，騙走人家所有的錢和衣服，最後還把本人藏起……用一般手段也解決不了問題，我今天才特地停演來談判。既然鬧到這地步，小心我向公役告妳們誘拐，妳們最好有心理準備！」

「隨妳愛怎樣就怎樣，反正上頭會決定是黑是白！」

「答案早就出來了。到時候最好不要哭喪著臉！我們走！」

小三回頭望著弟子，走到外面，半七追了二三步喚住對方。

「喂，師傅，等等。」

六

「再說下去會很長，就在這兒結束故事吧。」半七老人說。

這是老人慣用的技倆，似乎想讓聽眾焦急，總是在故事中途打住。上了這個當可會令人受不了，我追問：

「只講到一半，我完全不懂。」

「不懂嗎？」

「不懂。之後到底怎樣了？」

「小三因不甘心對方藏匿自己弟子，全說出了。她說，那個常磐津師傅文字吉是個怪女人，有個酒舖大爺，不收男弟子，專收女弟子。這裡頭大有原因，當事人明明是女人，卻很會騙女人。而且並非只用嘴巴騙，是跟對方發生關係，讓對方成為真正的情婦。我不知現今怎麼稱呼，但往昔稱這種女人為『男女』或『男女先生』。當然這種例子很罕見，但偶爾還是有這種特殊之人，有時會惹出問題。文字吉的淨琉璃程度不高明，卻有不少女弟子。當我聽說尤其是姨太太或寡婦身分的女弟子特地從遠方來，就覺得古怪，懷疑可能是這種例子，果然沒錯。換句話說，在色慾和物慾這兩方面，女人勾引女人騙取財物。真是一點都不能大意。」

「這麼說來，小三津這女演員上當了？」

「是的。」老人點頭。「小三津是紅角，不但容貌漂亮，也存了點錢。文字吉看中這點，起初佯裝捧場主顧，巧妙拉攏了小三津。雖不知用啥手段，奇怪的是只要受這種『男女』勾引，所有女人都會迷上對方，小三津也被文字吉迷得失魂落魄，把所有錢和衣服都給了文字吉。師傅小三察覺這事，忠告了幾次，小三津都不聽。光這樣就已經是個問題了，此時卻又發生一件事。正是國姓爺那齣戲。」

「鳳閣寺演的那齣？」

「我剛才也說過，這戲班子全是女人，男女不能混演。但這回因要演國姓爺，沒人會扮〈捕虎〉那幕的老虎，便找來淺川町男戲班的市川岩藏和照之助兄弟。岩藏是個痞子般的傢伙，只要能賺錢，啥事都肯幹，就說服弟弟照之助，讓他演老虎。自己也一起登台演唐人。在演戲方面，岩藏派不上用場，小三為了借用照之助，才把兄弟倆一起買過來。」

「淺川町戲班子沒說甚麼就答應了？」

「不答應。」老人搖頭。「而且那齣國姓爺廣受好評，自己這邊的戲被壓下，更不答應了。首先，男女共演本就違法，淺川戲班子找鳳閣寺戲棚談判，對方卻推三阻四根本不睬。原宿彌兵衛聽聞這事，自願從中進行調解……他認為這樣可以從雙方獲得報酬，於是彌兵衛接下這問題，派了個嘍囉到女戲班，說有事想商討，叫對方遣個人過來。

「彌兵衛一旦插手，事情就麻煩，女戲班子這邊經過商討，託岩藏前往原宿。岩藏是個好賭傢伙，時常在彌兵衛家進進出出，小三才決定遣岩藏過去。岩藏也一口答應。這傢伙也有點怪，他在後台喝了些酒，帶著醉意穿著唐人戲服，就那樣跑到原宿彌兵衛家，但彌兵衛因急事出門不在，嘍囉角兵衛便以頭目身分跟岩藏談判。

「要是頭目親自談判，說不定能順利解決問題，只是角兵衛看到岩藏身穿唐人戲服就過來，認為岩藏不把他們放眼裡，很不高興。而岩藏也認為角兵衛竟以頭目身分趾高氣揚，也很不高興。談判根本無法進行。雙方愈說愈火，角兵衛說『既然你代表戲班子來，應該明白怎樣做才能顧及我們面子吧』，而岩藏也以牙還牙說『當然明白，我脖子給你』，雙方都是粗暴傢伙，更是互不相讓。角兵衛說『收你脖子也沒用，給我一條手，讓你以後不能再演戲』，命其他嘍囉拿出菜刀。」

「真斬斷手了？」我也為那粗暴舉動大吃一驚。

「角兵衛向岩藏說要砍時，大概只是想恐嚇他吧，但岩藏竟不為所動。他挽起左臂袖子，伸手說要砍就砍痛快一點。如此一來就沒後路，終於真的切下岩藏手臂。這時頭目彌兵衛回來，見狀嚇一大跳，但也沒辦法。簡直跟《手臂喜三郎》❖那齣戲一樣。只得請來附近熟悉的醫生治療，但這醫生不是外科，沒法真正治療。隨便做了處置，再叫來母親阿金帶兒子走，阿金把兒子帶到自己做事的文字吉家，讓他在那兒養傷。

「沒事帶個傷患來，文字吉也很傷腦筋，卻因阿金知道她是『男女先生』秘密沒法拒絕。收了傷患還好，但斬斷的手也一起送來，文字吉不知該怎麼處理。這跟羅生門那條妖鬼手臂不同，無法重新接上。其實乾脆埋在院子角落也就沒

❖《**手臂喜三郎**》：喜三郎是江戶時代初期的俠客，在外面跟人打架，一條手臂幾乎斷了，回家後命嘍囉用鋸子鋸掉。

事，她卻覺得可怕，於是第二天早上拿到羅生門巷子丟棄。該說是女人的淺薄無知吧，實在做了無聊的事……丟是丟了，她又覺得有點內疚，佯裝自己第一個在那兒發現手臂，吵吵嚷嚷衝進豆腐舖。佯裝第一個發現案子而大叫大嚷的例子，在世間很常見，看來每個人想法都差不多。」

「為了替哥哥復仇，照之助砍了角兵衛手臂嗎？」

「照之助這人很愛哥哥，知道這事非常不甘心，死心眼地決定砍掉角兵衛手臂報仇，便不知從哪裡買來一把武士刀。因自己還年輕，而對方是魁梧壯漢，就到善光寺金剛力士前參拜，祈禱神明賜予相當於十人的力量，之後暗中監視角兵衛行動，角兵衛根本不知情，十二日夜晚五刻（八點）左右，出門前往權田原。照之助趁機對他砍去，人一死心眼就很恐怖，就跟他哥哥一樣，角兵衛的左臂被砍了下來。

「角兵衛躺在地上。照之助拾起落在地面的手臂逃走。因萬事都要跟哥哥下場一樣，照之助用事前準備好的唐人服直筒袖——從後台戲服剪下的袖子，套在那條手臂上，再拿到羅生門巷子丟棄，這樣他才認為順利完成復仇而離去。

「坂東小三完全不知情，這是事後才曉得。她以為文字吉藏起自己的弟子小三津，前去談判時，湊巧遇上我們。聽了小三的話，明白文字吉的真面目後，我帶小三回頭，硬闖進文字吉家，發現岩藏躺在裡邊四蓆半榻榻米房。」

「文字吉後來怎樣了？」

「文字吉人在二樓。」老人像想起當時光景似地皺起眉頭。「披頭散髮，面無血色，宛如幽靈似的，邋遢坐著。問她啥都心不在焉。因壁櫥內很怪，慎重起見打開一看，裡面是具年輕女演員屍骸。小三津被絞死了。」

「文字吉殺的？」

「當然是文字吉幹的。前面也說過，文字吉跟很多女人都有關係，而奇怪的是這種女人嫉妒心特重。原因是最近進入小三戲班子的照之助，他跟小三津交情特別好，文字吉把小三津叫到自家二樓，嚴厲責備她。算是女人間的爭風吃醋，文字吉愈責備愈失去理智，竟取起一旁手巾絞死小三津，卻又不知該如何處理，就將屍體塞進壁櫥，自己守著屍體呆呆坐著。這事發生在十二日，跟照之助砍斷角兵衛手臂是同一晚，狹窄地方竟接二連三發生案子。第二天，第三天，文字吉都沒怎麼吃喝，像個半死不活的病人，呆呆坐在壁櫥前，之後我們才闖進去。

「逐漸查下去後，得知文字吉除了小三津，包括那些姨太太或寡婦，總計跟八個女人有染。而且都以色和慾來騙女人，肥了自己私囊，那女人實在厲害。酒鋪老闆不知她是這種女人，竟包她為姨太太，聽到此事，吃驚得面無血色。文字吉這種女人不能置之不理。尤其還有殺死小三津的罪名，最後被判死罪。」

「照之助呢……」

「這另有故事。師傅小三收回小三津屍骸後，葬在海光寺。這是庄太家菩提寺。葬儀結束那晚，照之助潛進寺院，在小三津新墳前打算切腹時，遭庄太逮捕。我們認為有這可能而在寺裡埋伏，果然落網。也難怪文字吉會吃醋，小三津和照之助果然有染。照之助因還年輕，而且是替哥哥復仇，上頭酌情減刑，只判他流放孤島。

「被砍掉手臂的兩人，日後岩藏恢復健康，角兵衛卻過世了。沒接受正確治療的岩藏得救，而接受外科治療的角兵衛竟死了。人的性命實在很難說。既然角兵衛死了，照之助應該也保不住性命，但因前述理由，才減刑一級。」

說到此先歇一口氣，老人開始徐徐抽菸，我卻還有一個不問不行的重要問題。就是那唐人飴小販的真面目，這謎題不解開，等於故事還沒結束。老人砰一聲敲了菸管，我就迫不及待問：

「那賣糖人又怎樣了？」

「哈哈哈哈。」老人笑出。「其實不說破比較好……賣糖人失蹤四五天後，又出現了。因不能再由他去，庄太便抓住他審問，哎呀，實在是個膽小鬼，嚇得縮成一團。逐漸問下去，才知道這傢伙是外神田一家叫藤屋的大梳妝舖兒子，名字記得是全次郎。不但四處學藝，還到吉原玩女人，是個名符其實的放蕩少爺。結果被家人斷絕關係，是長年往來的泥瓦匠收留他，讓他在二樓棲身，並勸他光遊手好閒也不是辦法，暫且先做點生意，直至家人原諒。但他本就是個放蕩兒子，壓根無法做挑擔的正派工作。結果想出來的正是唐人飴，他稍微會跳舞，認為唐人飴很適合，不過又不能在江戶市內做，所以才到青山那種偏僻地區。

「大舖子少爺成為賣糖人，在路上敲鉦舞蹈叫賣。在別人看來的確值得同情，但當事人卻滿不在乎，甚至覺得在路上跳看看舞很好玩。他父親更傷腦筋，遲遲不肯原諒他。加上他母親溺愛兒子，嘴巴說斷絕關係，暗地遣人送來零花，所以糖賣不賣得出去都無所謂。他只是半玩票地唱唱跳跳。這下子真相大白，知道竟是這種傢伙，根本不是啥幕府密探或小偷，害我們大笑不已。不過，因兩次都有人砍了唐人手臂，他自己也有點害怕，那四五天換了場所，不敢到青山那一帶，只是人生地不熟的偏僻地區似乎不好玩，最後又回到青山，結果遭庄太逮住。

「在青山那一帶犯案的盜賊另有其人，改天應該還有機會提起這案子。判明全次郎身分後，據說他馬上恢復信用，糖也賣得很好。到底啥是幸福啥是不幸，實在很難說。」

披肩蛇

傳言明神山披肩蛇會化為青衣女孩，若是不幸遇上，必在三日內死亡。菸草舖主婢三人目睹妖物現身，驚恐不已，果真未久便有人遭劇毒蝮蛇咬死……

一

某年夏天，我從房州旅行回來，帶著形式上的土產拜訪半七老人，年輕時代以來從未有過避暑旅行的老人，欣然聽我說著海水浴場的事。

之後，聽到我爬鋸山遭遇許多蛇時，老人皺起眉頭笑道：

「我有個熟人，也曾經到鋸山參拜羅漢，沒聽他說有蛇。雖說蛇不會怎樣，但碰上了畢竟不太愉快。說到蛇，我以前講過〈鬼師傅〉吧。勒死師傅，再將蛇纏到她脖子上那故事。還有個跟那不同的蛇故事，但你是不是受夠蛇了？」

「沒關係，您請說吧。」

「那我就說囉。但按我的習慣，得先來點開場白。要不然現代人可能聽不懂。你也知道，小石川有個地方叫小日向，小日向範圍相當大，裡頭分成好幾區，等一下會提到的水道端，進入明治以後劃分為水道端町一丁目、二丁目，但在江戶時代合稱水道端。我要說的水道端，也就是今日的二丁目，有座叫日輪寺的曹洞宗寺院。從正殿左方登上後山，有一座冰川明神神社。往昔日輪寺和冰川神社合在一起，明治元年禁止神佛混同，冰川神社轉與服部坂的小日向神社合祀，社殿遺址有一陣子空著，現在似乎砍掉樹木，成為東京府用地。

「因此目前該地雖沒有神社，但江戶時代有宏偉社殿，江戶名所地圖也畫有神社圖。不過，傳說那明神山住著一條叫『披肩蛇』的怪物。關於這名稱有很多說法，有人像是親眼目睹似地講解，說蛇身青、蛇首黑，很像往昔孩子披至肩頭的髮型，所以才這麼叫。另一種說法是陰天昏暗日子，附近森林有個留著披肩髮型的可愛女孩在玩。據說那女孩是蛇的化身，看到她的人會在三天內死亡。當然罕得有人看到，但安永年間❖，水道端荒木坂有家吳服舖松本屋，老闆忠左衛門的兒子患了急病，兩三天就過世了。臨死前說在明神山看到披肩蛇。

「據說還有二三人也遇過類似的事，因此夜晚自不在話下，即使傍晚或陰天，大家都留意別上明神山。那種地方要能避開是最安全的，只不過冰川神社是小日向一帶的總守護神，不去參拜也不行。祭禮是正月、五月和九月的十七日，這幾天披肩蛇似乎會躲起來，不讓人看到。你們現代人要是問我這傳說到底是真是假，我也答不上來，但往昔人們都老實相信，你就以這心情聽故事吧。」

❖安永年間：一七七二～一七八〇。

安政五年❖七月至八九月，江戶流行駭人霍亂。正是所謂的午年大霍亂。對於以驚人速度蔓延的疫病，那時代的人不知該如何預防，只能一味求神拜佛，所以各神社佛寺都聚集了參拜者，連平素較空寂的小日向冰川神社，這時候也可見到不挑日子就來的參拜者。大概是眼下的霍亂比傳說中的披肩蛇還恐怖吧。

因是瘟疫大流行年，秋天只是徒有虛名，殘暑酷烈得很。八月底，小日向水道町一家菸草舖關口屋，女兒阿袖、母親阿琴和下女阿由，三人到冰川神社參拜。關口屋在這一帶是老字號，另有地皮租屋，除了兩個小學徒，還有三個年輕夥計，三個下女。家族成員是四十一歲的主人次兵衛，老婆阿琴三十七歲，女兒阿袖十八歲，上一代主人夫婦退休後，二十年前已相繼過世了。

神社就在附近，阿袖三人過午才離開舖子。早上雖放晴，但四刻（十點）左右有點轉陰，吹起還算涼快的風。穿過町內沿著上水河道前行時，就遭遇兩家出殯。可以想見都是死於霍亂的人，女人們感覺很不愉快。

抵達日輪寺，爬上後面的明神山，今天竟稀罕地不見任何參拜者，高大杉林內只聞秋蟬嘶鳴。在明神神社前膜拜，按例祈求息災闔家平安時，上空益發轉陰，樹蔭下暗得猶如傍晚。

❖安政五年：一八五八。

披肩蛇

「好像變天了哪。」阿琴參拜完仰望上空。

「雨下下來前快回去吧。」阿由也催促著。

不知何時蟬鳴已停，四周鴉雀無聲，令人悚然。冰冷沉重的空氣逼向她們。三人心想要是在這兒遇雨便麻煩了，於是加快腳步趕到下山路口，這時阿袖不知看見甚麼了突然止步。她默默拉扯母親袖子，阿琴駐足，阿由也跟著停步。原來她們看到路邊大杉樹間站著一個少女。

少女約十二三歲，膚色蒼白容貌潔淨。穿著白底染鱗片圖案的嶄新單衣，綁著水色腰帶。這些暫且不管，吸引三人注意的是少女的黑髮。她留著披肩頭。前面也說過，這時期因霍亂騷動，明神神社參拜者驟增，眾人暫時忘了披肩蛇，但那傳說並非完全消失。今天這種陰天，竟然在此處出現一個披肩頭少女，難怪三人會恐懼異常。她們臉上現出與少女腰帶一樣的水色，呆立原地。阿由比阿袖大，十九歲。平素便是不認輸的女子，遇上這種場合也沒光發抖。她小聲提醒主母：

「被她發現可就糟了，我們快逃。」

所幸少女不是正面相對，三人只是看到她側臉。只要躡手躡腳跑過去，或許可以不被察覺而僥倖逃脫。只不過若是跑步，少女很可能聽到腳步聲，阿琴又向兩人竊竊私語，怕聲音泄露，還用雙袖遮嘴。

三人躡手躡腳正打算通過杉林前，也許阿袖最害怕，拖著不時發軟的雙腿，走著走著竟絆到樹根還石頭，來不及踩穩便摔倒，阿琴和阿由都暗吃一驚。既已如此，也就顧不及腳步聲。阿琴和阿由一心扯起阿袖，自左右各拉住她的手，拚命拖著跑。

下山路口是石板路。三人從坡道連滾帶爬逃下山，好不容易到了寺院正殿前才稍稍鬆一口氣。阿袖臉上已失了血色，連話都說不出來。

阿琴向寺院下人要了水，讓阿袖喝下。阿琴和阿由也喝了。下了山才突然覺得熱，阿琴擰了手巾擦拭臉上和頸間的汗水。但是在山中遭遇可疑少女一事，也沒對寺院下人說。

「回家後不要說出這事，絕對不能對任何人說。」阿琴嚴厲叮囑阿由保密。

三人懷著不安心情回關口屋鋪子。尤其阿袖心神恍惚，那晚連飯都吃不下。阿琴沒將今天的事告訴丈夫次兵衛。不僅因不想讓丈夫多操心，也因她自己認為說出口總覺得恐怖。翌日又再警告阿由，提醒她絕不能說出。由於三人頭也不回地逃回來，完全不知那少女曾否察覺她們。阿琴在內心禱告希望沒有。

那時期，不知誰先說的，大家都說要趕走霍亂瘟神，最好在屋簷下掛八角金盤葉。據說八角金盤葉類似天狗的羽扇。關口屋也並非真正相信，但既然是這種時期，心想最好照大家說的做，所幸自家院子就有一株大八角金盤樹，便折下葉子掛在鋪子屋簷下。

翌日下午，阿琴到鋪子一看，發現簷下的八角金盤葉快枯了，隨秋風沙沙作響。阿琴認為枯了肯定會失去咒術效用，便自院子折下新葉，沒找人幫忙，打算自己換掛上去時，無意中看到枯葉上有蟲子啃咬的痕跡。再仔細一看，痕跡很像潦草書寫的平假名。讀著是——阿袖會死。阿袖會死——阿琴嚇了一跳。

她悄悄喚來阿由，給阿由看八角金盤枯葉，阿由看那咬痕也覺得像「阿袖會死」。八角金盤罕見長蟲，但那快枯的葉子竟留下「阿袖會死」的蟲咬痕跡。

昨天才遇上那事，今天又看到這個，阿琴感覺渾身血液瞬間都凍僵了。

二

關口屋後有四間租房，都歸關口屋所有，裡邊一間住著個名叫年造的獨身木匠，因是年輕職人，在這種時期依舊喝酒，晚上出去晃，結果因為不注意養生而遭瘟神纏上。半夜開始吐瀉，第二天下午就死了。

因為是光棍，工作夥伴和近鄰聯手為他舉喪。關口屋也因事情發生在自己租屋，讓舖子傭工送奠儀過去。

「霍亂終於也來到我們土地上了。」主人次兵衛皺起眉頭。

雖知道霍亂會傳染，但因為不知該如何預防，近鄰人們只是徒然怕得要死。最近大家深恐傳染，罕有人到霍亂喪家中弔唁或守夜，不過包括近鄰五六人，年造家還是有人來進行形式上的守夜。年造隔壁住著個名叫大吉的菸草販，也是年輕獨身者。不是經營舖子賣菸草，而是扛著菸絲箱到諸藩邸值勤小屋或隨從房間，或到各地寺院去賣。他不僅住在關口屋租房，也自關口屋以成本價格批發菸絲，朝晚熟悉地進進出出。

大吉和年造是只隔一片牆的鄰居，都是獨身，交情很好，年造昨晚生病後，他還特地休息生意看顧年造，今晚守夜當然也來了。大家說目前殘暑很烈，緊閉門窗會讓疫病邪氣停滯，於是狹窄屋內門窗全部敞開。

那晚五刻（九點）左右，巷子傳來狗叫聲，大吉自屋內探身往外看，看到井邊有道白影。屋內燈火亮光外洩，大致看得清那影子。是個穿白底單衣少女。少女站在關口屋後門，似乎正自木板門縫隙窺看裡面。大吉拉拉坐在自己旁邊的鄰居甚藏袖子，悄聲說：

「那是誰家的孩子？」

甚藏也探身往外看，狗持續叫著。少女看似怕狗，離開木板門，徐徐走出巷子，似乎穿著草履，沒聽到足音。

「沒看過那孩子。」大吉又悄聲說。

「嗯，好像不是這附近的。」

甚藏雖如此說，卻沒放在心上。大吉似乎有點在意，套上木屐追到巷外，但已不見少女的身影。

「那孩子是哪家的？」

大吉一直在想這問題，其他人和甚藏一樣，沒特別注意也不感興趣，這事就這麼過去了。因是流行疫病，隔天一早應該把屍體送至火葬場，卻因這時期喪事太多，棺材來不及做。只得延到傍晚，相關者守著駭人霍亂屍體度過一天。

這天下午，有個三十左右的男人站在關口屋舖子前。

「這後面有個叫年造的木匠嗎？」

「年造先生因霍亂過世了。」舖子傭工回答。

「因霍亂過世？」男人有點慌張說：「那真是不得了。哪時過世的？」

「昨天下午……」

「哎呀，哎呀！」男人咂嘴。

聽說葬禮還未結束，男人匆忙跑進巷子。他在飄蕩線香氣味的門口問：

「請問，年造死了嗎？」

「昨天過世了。」在入口的大吉回答：「請進來……」

本以為男人來弔喪，不料他不客氣地進屋，看著橫躺在六蓆榻榻米房角落的年輕木匠屍體，恨恨地咂了一下嘴。

「畜牲，算這傢伙走運！」

在場的人都大吃一驚，因霍亂而死怎麼說運氣好？眾人張口結舌望著男人，男人這才道出原委。

四天前晚上，湯島天神下有個名叫伊太郎的棺材舖老闆被殺。前面也說過，這時期死人很多，每家棺材舖都忙個不停，光自己做來不及，便臨時僱用木匠或木桶職人幫忙。技術好的職人嫌惡這工作，而技術不好或年輕人則貪圖工錢高，都到各家棺材舖幫忙。年造也是其中之一，幾天前便在伊太郎舖子工作。

公役判斷伊太郎是因為錢財被殺。對棺材舖來說，瘟神是福神，伊太郎因生意太好賺了許多錢，沒想到反而遭殃，伊太郎被殺，老婆也負傷。調查結果，僱用的木匠年造背了盜賊嫌疑，捕吏來抓人卻碰到如此場面。與其落網後遭判重罪，不如死於霍亂來得好。難怪男人會說他是個走運傢伙。

來抓人而大為失望的男人，正是神田半七的手下善八。既然如此只能徒勞而歸，但還是得調查年造平素行為，以及死前的樣子，於是叫出和年造交情最好的鄰居大吉。善八站在井邊柳樹下，審問大吉一會兒後才回去。

「真是嚇一跳。」

「人不可貌相啊。」

「年公雖愛玩，卻沒想到他會做出這種駭人事。」

眾人對死於霍亂的年造頓時失去同情。年造成為走運傢伙。但事到如今也不能撒手不管逕自回家，眾人雖覺得麻煩，還是等到傍晚，六刻左右送來棺材，立即塞進遺體挑出去。

房客過世，房東不能作壁上觀。關口屋應該遣舖子傭工代表老闆送葬，卻因聽聞不僅是霍亂葬儀，當事人又是駭人罪犯，舖子傭工不願出面。關口屋也無法硬逼他們，正不知如何是好時，下女阿由主動說要去。

「妳是女人，別去。」阿琴先阻止。但阿由說沒人出面不好，還是我去吧，事情就此決定。

棺桶をかつぐ

披肩蛇

「難道阿由不怕霍亂？」

「不是，她只是想跟大先生一起去。」

其他下女竊竊私語。菸草販大吉年約二十三四，是個膚色白皙清秀男人。秋天傍晚的昏暗巷子，五六盞燈籠亮光孤寂地搖搖晃晃，年造的桶棺被送走了。五刻（八點）過後阿由回來，說千住火葬場排了五六十個桶棺，沒法馬上火葬。今晚先託場方保管，預定七日或八日再去撿骨灰。以前便聽說火葬場及寺院因霍亂非常擁擠，現在又聽到這種消息，關口屋一家人也不好受。

其中有件事更令阿琴悶悶不樂。阿由悄悄告訴老闆娘說：

「聽說昨晚守夜時，有個穿白底衣的女孩在後門偷窺。」

「偷窺我們家後門？」阿琴臉色大變。

「聽說是菸草販大先生看到的。甚先生也說看到了。」

正極度害怕披肩蛇、八角金盤葉時，又聽到這消息，阿琴簡直要昏倒。穿白底衣的女孩，似乎自明神山下來了。阿袖會死的厄運很可能已逼近眼前。

至今為止命阿袖和阿由保密，只藏在自己胸中，但阿琴已受不了，才向丈夫次兵衛說出一切。次兵衛絕非愚蠢人物，也擅長生意，具有不讓關口屋老字號敗壞名聲的才幹，但他非常信仰神佛。這信仰太深，已近乎迷信。阿琴隱瞞明神山一事，正因為顧慮說出來會嚇到丈夫。

次兵衛果然大吃一驚。他只能噙淚嘆息。死心認為遭披肩蛇詛咒的女兒性命已然不保了。

三

八月最後一天突然吹起秋風，第二天九月一日也很涼快。

「日曆果然不可與爭，這下子霍亂也該減弱了吧。」

半七和老婆阿仙邊交談邊將單衣換穿為夾衣時，善八一早便來了。

「突然涼快起來。」

「剛剛才在說這事，善先生，霍亂怎樣了？」阿仙問。

「還在流行。」善八回說：「雖吹起涼風，但不可能馬上停止。七八月之間死了很多人。」

「惡人死的話還好，但善人也遭殃就傷腦筋。」

「就我們這行的來說，惡人遭殃也傷腦筋哩。明明追蹤到犯人，要逮的時候對方竟猝然死去，一點都不好笑。之前湯島那案子……好不容易查出凶手，特地到小石川抓人，結果木匠那傢伙竟猝死。真令人失望。」

說到此，善八壓低聲音。

「頭子，小石川那案子，我又打聽到怪風聲。」

「啥怪風聲？」

阿仙起身離去後，半七和善八相對而坐。

「您也知道，凶手木匠住在水道町菸草舖後面。」善八繼續說：「房東菸草舖是老字號，叫關口屋，身世好，近鄰風聲也不錯。那家有個叫阿由的年輕下女，二三天前死了。」

「也是霍亂嗎？」半七問。

「不，不是霍亂，類似猝死……聽說關口屋也馬上請醫生，但來不及。據說死法很古怪，關口屋要舖子傭工和下女保密，不讓他們說出。但是世間人不但說東說西，阿由娘家也不諒解，不肯老實去領女兒屍體。在霍亂流行這時期，無法讓屍體擱太久，地主們和町幹部從中說情，總之先讓雙親領回屍體，但善後問題仍未解決，聽說目前仍在鬧糾紛。」

「阿由娘家為何不原諒？屍體有可疑之處嗎？」

「好像是。這又很怪……根據近鄰風聲，說是遭冰川明神山披肩蛇作祟……真有那種事嗎？」

「冰川披肩蛇……」半七也陷於思考。「自古以來便有這種傳說，但我不知是真是假。這麼說來，阿由那女人在明神山遇見蛇了？」

「關口屋老婆和女兒、阿由三人，一起到冰川參拜，聽說在歸途遇見了……不是蛇，是個披肩頭女孩……」

「女孩？」半七又陷於思考。「是說阿由遭蛇作祟而猝死嗎？猝死也有種種死法，她到底怎麼死的？」

「這也有各種風聲，我對一個叫千代的下女又哄又騙，她是這樣說的。」

關口屋有阿由、千代、阿熊三個下女，阿由負責屋內瑣事，其他兩人負責廚房。那晚殘暑仍很烈，所以稍微拉開面向後門空地的滑門，四蓆半的下女房掛著一張蚊帳，三人並排被褥睡覺。每個都還年輕，睡得死沉，半夜阿由突然吵

仲働き、台所働きの女中、下男

起來。睡在兩旁的千代和阿熊嚇一跳醒來，聽到阿由似乎小聲叫著「蛇……」，兩人更吃驚。

千代和阿熊都嚇得失魂滾出蚊帳，自廚房點了座燈回房一看，發現阿由在被褥上痛苦打滾。兩人慌忙叫醒舖子男傭工，主人夫婦也聽到騷動醒來。小學徒出門請舖子相熟的醫生。

但畢竟是半夜，醫生無法立即趕來。阿由在醫生趕到前就死了。醫生似乎也不大清楚死因，但從阿由說「蛇……」這點猜測，說可能被蝮蛇或毒蛇咬傷。當時那一帶有很多森林和山丘，武家宅邸空地和草原也很多，蝮蛇或毒蛇都不稀奇。說可能自敞開的滑門縫隙溜進來，阿由運氣不好才成為犧牲者。因沒人親眼目睹那蛇，無法安心，總動員年輕夥計和小學徒尋找，但屋內當然找不到，連院子也沒有。

眾傭工吵吵鬧鬧時，主人這方比較冷靜。主人次兵衛和老婆阿琴幾乎都默不作聲。女兒阿袖也躲在房裡沒出來。捕毒蛇一事暫告段落後，次兵衛請醫生到裡房，和老婆一起告訴醫生披肩蛇那事。結果舖子傭工聽到，風聲自然傳開。

根據這點來想，主人夫婦的冷靜並非缺乏人情，似乎是死心認為這是不可避免的命運。不僅阿由，阿琴和阿袖也可能陷於同樣命運。阿由一人成為犧牲，披肩蛇的作祟會因此而消失，還是三人都遭同樣作祟，這是任何人都不知道的秘密。說主人夫婦冷靜，不如說他們怕得要死，一時說不出話。但阿由娘家卻批評那態度太不近人情。

「再怎麼不近人情，為何娘家不願領取遺體？」半七說：「難道他們認為是關口屋殺死的？」

「當然不可能推說是關口屋殺死的，只不過從未聽說有在被褥中遭蝮蛇咬的前例。何況披肩蛇也不知是真是假。聽說娘家堅持，既然心愛女兒死了，死因還未查清之前，他們不能隨意領取遺體……關口屋雖打算出相當多的葬儀費，但娘家似乎打算要求五百兩甚至千兩……」

「五百兩甚至千兩……」半七也有點吃驚。「雖說人命沒行情，可為了傭工過世而被要求五百兩千兩，真會令人受不了。娘家到底是誰？」

「先不提五百兩還千兩的，娘家會找碴也是有原因。」善八說明：「我逐漸打聽下去，聽說阿由這女人雖是屋內下女，其實是主人姪女……」

「不是單純的傭工？」

「是主人哥哥的女兒。哥哥叫次右衛門，本來應該是長男繼承人，年輕時不務正業，被上代老闆逐出家門。於是弟弟次兵衛繼承了關口屋當家地位。上代老闆臨死前，也有人來拜託讓長男回來，但上代老闆堅決不答應，還留下遺言說絕不准讓那傢伙進到關口屋商號暖簾裡來。這是二十年前的往事，因此次右衛門如今也不能公開前往關口屋舖子。他總是從後門偷偷進去。」

「次右衛門做啥生意？」

「聽說在下谷坂本開一家小菸草舖。雖說表面上已斷絕關係，但他畢竟是關口屋長男，確實是目前這主人的哥哥，因此關口屋多少會加照顧，好像也轉送商品菸草給他。女兒正是阿由，這也不能公開承認是親戚，而以下女身分進去，寄宿關口屋。我不知詳情，但關口屋領養阿由時，似乎說好將來幫她找個門當戶對的女婿，再分點資金給對方，讓女婿繼承哥哥家。而那阿由突然死了，最進退兩難的正是哥哥次右衛門。」

「那哥哥是正派人嗎？」

「次右衛門已五十了，現在似乎是正派人，但往昔的放蕩作風還是沒改掉。即便自己有錯，可關口屋財產全被弟弟奪走，內心很不高興。而且弟弟說好要照料，收養哥哥的女兒，現在竟死得不明不白。這樣一來，他想找碴也是人之常情，才會為了領回遺體的問題鬧個不停。次右衛門說，表面如何暫且不管，但關口屋既然代為照料，卻讓姪女死得不明不白，又一副死了也沒辦法的態度，未免太冷情，太不合理……不過畢竟阿由死因不詳，到底是否真被蝮蛇咬了，連醫生也判斷不出。」

「應該是蝮蛇吧。」半七說。

「是蝮蛇嗎？」善八也點頭。「這麼一來，就吵不起來。次右衛門再不服，也爭不過人家。」

「不，不見得吵不起來。那阿由是個怎樣的女人？」

「阿由十九歲，跟關口屋女兒差一歲。女兒叫阿袖，今年十八。表面上雖是主人傭工身分，其實是堂姊妹，兩人容貌都普普通通，算一般吧，阿由比較大，早熟而且討男人喜歡。」

「關口屋後面那四間租房，住些啥人……」

「死於霍亂的木匠年造，還有菸草販大吉，縫製職人甚藏，笊籬販六兵衛……甚藏跟六兵衛有老婆孩子。」

「大吉是年造鄰居那傢伙吧。是怎樣的人？」

「二十三四歲，白皙清秀，大阪人，聽說以前曾在湯島茶館做事。」

「在湯島茶館做事……是男娼出身？」

「據說是的。」

「原來如此。」

半七微微閉眼，再度陷於沉思。

四

關口屋女兒阿袖病倒了。

連醫生也不大清楚病症，繼阿由橫死，女兒又病倒，關口屋夫婦大致猜得出原因。想到下次會輪到自己，老婆也坐立不安，逐漸食慾不振，終於成為半個病人。再如何保密，也會自愛說長論短的傭工口中偶然泄露，於是披肩蛇風聲傳遍那附近。霍亂雖可怕，披肩蛇也很可怕。甚至有人傳播駭人聽聞的謠言，說關口屋一家遲早都會被咒死。

其間，租屋內又傳出怪談。縫製職人甚藏老婆將近夜晚四刻（十點）時自近鄰澡堂回來，在昏暗巷內與一個男人擦身而過。因看上去很像木匠年造，她面無血色地逃回自家。

「剛才年先生經過那兒……」

「別亂說！」丈夫甚藏斥罵。

死於霍亂的年造已被送到火葬場，幾天後眾人去撿拾骨灰，送進附近寺院去了。那年造不可能在這附近走動。老婆卻說確實看到他。聽聞此事，鄰居笊籬販老婆也臉色大變。

「那一定是年造的幽靈。」

在這種惡疫流行，各處多死者的時期，總會萌生各種怪談。笊籬販家不僅老婆，丈夫六兵衛也相信這事，說可能是霍亂病死的年造陰魂在附近徘徊。風聲傳到大街，跟年造只隔一道牆的鄰居菸草販大吉，也說出這種話：

「老實說，我也看到過年造。」

如此一來，幽靈風聲便益發擴大，甚至有人加油添醋，說關口屋租屋每晚出現年造的幽靈。在這種眾人恐慌於霍亂的時期，接二連三又出現披肩蛇和幽靈等不祥謠言，導致這一帶町內裹著某種陰鬱空氣。

特別困於陰鬱的是關口屋一家人。女兒病倒，老婆成為半個病人，加上阿由的善後問題還未完全解決。町內幹部在關口屋和次右兵衛之間斡旋，嘗試各種和解方法，次右衛門總不輕易讓步。若是一般傭工娘家，主人這邊拋出一大筆弔喪費，對方仍不信服的話，主人可置之不理隨對方去，但雖說已斷絕關係，次右衛門畢竟是關口屋長男，也是當代主人次兵衛的哥哥。次兵衛不想跟哥哥爭。仲裁人也不忍逼哥哥太甚。次右衛門正是趁這點而始終蠻不講理。他主張要千兩金子，以現代用詞來講算是撫卹。

不用說，那時代的千兩是巨款，但哥哥主張因失去獨生女阿由，自己晚年沒人奉養，以一年五十兩來算，總計二十年份，等於千兩撫卹。而且次右衛門也不答應每年拿五十兩的分期方式，堅持一次付清。聽起來有理，又似乎沒理，仲裁人也很覺棘手，結果以三百兩為條件進行交涉，但次右衛門堅決不讓步。

仲裁人也煩得打算放手不管時，次右衛門顫抖著夾雜白髮的髮鬢說：

「次兵衛是趕走哥哥奪走當家地位的傢伙。而且還把哥哥的女兒自十五歲春季起，直至十九歲秋季，當作沒工錢的下女使喚，最後又殺死她，讓哥哥晚年流落街頭。我已忍無可忍。前年死了老婆，今年死了女兒，我一人活在這世上也沒意思。我已下定決心隨時豁出這條命。」

這是一種恐嚇，表示將殺死次兵衛，自己也自殺。雖然認為不至於，仲裁人也心裡發毛，無法就此擱下。如此，同樣的一問一答持續幾天，九月也過了十天，這時又發生一起騷動。住在關口屋後面租屋的笊籬販六兵衛老婆猝死。因是傍晚發生的事，丈夫六兵衛不在家。老婆突然發出一聲尖叫，鄰居甚藏夫婦趕過去一看，發現她躺在廚房。雖立即請來醫生，也判斷不出病症。醫生說大概也遭蝮蛇咬了。笊籬販老婆治療無效，第二天早上過世。有關此事又傳出種種謠言。

「是關口屋的蛇跑進租屋。」

「不，是年先生幽靈出現了。」

眾人為了執拗的蛇與幽靈而大傷腦筋時，又發生第二場霍亂騷動。

這時期逐漸吹起涼風，霍亂風聲也稍微減弱，關口屋小學徒石松竟患上霍亂，第二天就死了。半個病人的老婆阿琴可能受傳染，也患上霍亂，只一晚就過世。關口屋完全陷於黑暗。左鄰右舍的心情也隨之鬱鬱惶惶。

病是傳染病，關口屋簡樸地辦了老婆喪禮。結束後次兵衛下定決心說：「事情到此，女兒也許遲早都會死。我也不知會如何。關口屋倒閉的時候到了吧。那就讓哥哥如願以償，五百兩或一千兩我都願意付。」

話雖如此，千兩畢竟太離譜，仲裁人繼續交涉，把價碼抬高至六百兩，次右衛門似乎也覺得該就此斷念，勉強答應。不過因是巨款，不能隨便交付。又為了日後不再發生糾紛，讓次右衛門寫下往後絕無異議的契紙，並在町幹部見證之下，完成交款。

善八始終在幕後監視這些事。半七也逐次聽取報告。雖說當前無法朝任何一方動手，但事件的來龍去脈似乎逐漸清晰。

五

九月二十日半夜，下谷坂本菸草舖次右衛門遭人慘殺。鄰居聽到可疑聲音趕來時，對方已不見蹤影。次右衛門被刀刃刺了咽喉和胸部，奄奄一息說：

「大……年……年造……」

他看似還想說甚麼，卻就此斷氣。鄰居馬上報案，公役來驗屍，卻無法當場判斷凶手是出於恨意還是搶奪。善八第二天早朝聽聞消息，四刻（十點）左右帶領半七來到下谷。兩人先到辦事處，聽過大致報告，又在房東帶路下跨進次右衛門的菸草舖。十二尺寬的小舖子，裡邊是六蓆和二蓆大的房間，二樓只有四蓆半一個房間。

因老婆過世，女兒也出去做事，次右衛門當時是單身漢。房東說明，後面住著鑲木屐齒職人，職人母親阿酉朝晚都過來幫忙家事。

「那麼，請你先叫那個阿酉過來。」

受傳喚來到半七眼前的是個年約五十四五、看上去很老實的老太婆。同時也叫來鄰居雜貨舖老闆。老闆名為喜兵衛，是昨晚第一個趕過來的男人。根據阿酉和喜兵衛證言，次右衛門因曾是放蕩者，對左鄰右舍很親切，至今為止也沒壞風聲。場地不好，加上舖子小，明明沒甚麼生意，卻每天喝很多酒，日子過得似乎不輕鬆。不過仍誇口說，只要女兒招贅，自己便可以安閒度日。尤其前幾天喝醉時還對阿酉說：

「我現在眼前掛著個可賺巨款的機會。這時要是突然翹辮子，那可真不甘心哩。」

因女兒突然死去，他看似很沮喪，每天喝悶酒。而且還說要向關口屋要求很多治喪費。交涉也似乎總算談成，這兩三天心情很好。

「平素有沒有人常來這家裡？」半七問。

「菸草販的大先生。」阿酉答：「是個膚色白皙清秀的人……照次右衛門口氣聽來，好像打算讓阿由招他作女婿。還有個叫年先生的木匠也時常來，但這人聽說患霍亂死了。」

「是嗎？」喜兵衛插嘴說：「那個年先生，兩三天前好像還來過一次……他經過我舖子前，總覺得是他……還是我認錯人了？」

「那個叫大先生的菸草販，最近來過嗎？」半七再度問。

「昨天中午過後來了。」阿酉說：「次右衛門託我照顧一下舖子，和大先生兩人到二樓談了一陣子。」

半七到二樓看，狹窄四蓆半房出乎意料地整理得很乾淨。慎重起見，打開櫃子檢查，裡面只塞一些雜貨，找不到任何值得一提的東西。再下樓到廚房，打開地窖蓋板，裡面也沒甚麼變化。

「聽說次右衛門臨死時說了啥？」

「是。」喜兵衛答：「聲音很小，聽不大清楚……但聽起來好像『大……年……年造』……」

「那就是木匠年造吧。」善八說。

「可是，那個叫年造的人，聽說患霍亂死了……」

「你不是說兩三天前夜裡看到他？」善八又問。

「也許是我認錯人，我沒法肯定。」

如此大致調查結束，半七和善八離開此地。

「木匠年造那傢伙還活著？」善八邊走邊問。

「患霍亂死去，送到火葬場，又拾了骨灰的傢伙，說他還活著實在很奇怪，但關口屋租屋也說出現年造幽靈，或許真的還活著。」半七說：「既然次右衛門臨死時說是年造，看來應該是年造殺的。而他的那個『大』，到底是木匠的『大』，還是菸草販大吉的『大』，這點必須想清楚。大概是大吉吧。」

「是嗎？」

「總之，大吉肯定跟這案子有關。我已經大致推測出了。快去把大吉抓來。他再怎麼無恥，也是個男娼出身的瘦弱傢伙。你一個去就夠了。不，慢著，萬一讓他逃走躲進某家寺院，事情就很難辦。我也一起去。」

兩人來到小石川水道端，但大吉不在關口屋租屋。鄰居甚藏老婆說，大吉很怕年造幽靈，加上房東關口屋連續出現兩個霍亂患者，更嚇壞了，說沒法在這地方待下去，五六天前開始幾乎都沒回來。白天曾回來過一二次，但每天夜晚都睡在別處。半七聽了心裡暗笑。

「那麼，年造幽靈還會出現嗎？」

「我只看過一次……」老婆壓低聲音說：「有人說之後又出現，也有人說沒再出現，不知哪邊是真的，但笊籬販老婆也發生那種事，總覺得心裡毛得很，所以天一黑我們就很少出門。」

「年造寺院是哪裡？」

「改代町萬養寺。」

「是年造的菩提寺嗎？」

❖『大』：木匠的日文是「大工」。

「不是，年先生沒菩提寺，是大先生送到自己認識的寺院。」

「謝謝。我們來訊問一事，妳能不能保密？」

走到外面，關口屋老婆的頭七雖然過了，卻因為連續出現霍亂患者，對近鄰不好交代吧，關上半邊大門似乎不做生意。半七心生同情。

改代町在牛込，離此地不遠。兩人過了江戶川上石切橋，抵達改代町，這一帶俗稱四軒寺町，除了有四座寺院，還有很多估衣舖。眾寺院後是草原，草原後放眼望去是一片稻田。草原長滿很高的芒草，白色芒穗在青空下隨風飄蕩至遠方。某處傳來伯勞啼聲。

兩人站在萬養寺前。雖非大寺院，但聽近鄰說底子挺厚的。

「寺院很麻煩。」半七低語：「年造不是幽靈，確實是活人。我想他跟大吉大概躲在裡面，只是無法隨便進去抓人。回去再跟寺社奉行所搭關係吧。真煩。」

這時，後面草原頻頻傳來狗吠，兩人對望。半七帶頭繞到後面，草原相當遼闊，芒草深處有幾隻野狗叫個不停。兩人以狗叫聲為目標，撥開高高的芒草前進，前方也有人自芒草中沙沙鑽出。彼此看不見前方，幾乎迎頭碰上，眼對眼的時候，善八突然拉扯半七袖子。

「是大吉！」

對方似乎因為意外碰頭慌了手腳，轉身打算逃走，善八立即追上去，大吉舉起手中鋤頭，正面擊下。善八驚險躲開，結果芒草中又出現一人，拿著鐵鏟擊來。

半七出聲警告善八，一邊撲向拿鐵鏟那男人。因他判斷後來的男人比較難對付。只是芒草很深，打著眼睛嘴巴又纏絆手腳，施展不開。善八也一樣，好不容易抓住大吉手腕，卻因芒草阻礙，連眼睛都睜不開。敵方也同樣行動不便，但這種場合對弱者有利。大吉藉芒草之便拚命抵抗。

四五隻野狗也奔過來。牠們像是袒護半七這方，圍著大吉又叫又撲。拿著鐵鏟的男人推開半七，逃了約六尺，絆到芒草根摔倒。半七壓上去按住他。

大吉抵抗得比預想中激烈，卻也終於倒在善八膝下。敵我雙方都遭芒草割破，額頭和手腳有幾處輕傷。兩人用捕繩綁住對方站起時，野狗帶路般叫著往前跑，在芒草中跟著野狗前進，發現有塊一坪左右的空地，上頭的芒草零亂傾倒。新挖的泥土很軟，看似埋著某物，用大吉的鋤頭重新挖掘，原來底下橫躺著年輕木匠的屍骸。

六

「捕物在此結束。」半七老人說：「雖時常因逮捕受傷，但從來沒像那次受芒草攻擊。有陣子臉和手腳都刺痛得很，洗澡時很傷腦筋。」

「以前有人託我在《石橋山揪打》❖圖上寫俳句，我幫對方作了一首『真田和股野，黑暗芒草中，拳打又腳踢』，芒草應該很礙手礙腳吧。」我說。

「不小心會刺到眼睛。」老人笑道：「接下來照例揭開謎底，該從哪兒說起？」

「拿鐵鏟那男人是誰？」

「是萬養寺下人，名叫忠兵衛……這名字足以跟遊女梅川私奔❖，年約五十出頭，相當健壯，是京都人，大吉的父親。這傢伙以前放蕩好玩，看兒子大吉長得清秀，小時候把他賣到男娼茶館。江戶的男娼茶館在天保改革時一度廢止，但之後又以男服務員名義繼續營業。男娼一事是題外話，我就不詳細說明，總之跟女人不同，孩提時代才有本錢，十七八便退休。男娼出身的人通常讓熟客

❖**《石橋山揪打》**：石橋山位在小田原市西南方，一一八〇年源賴朝在此敗給大庭景親。景親有個弟弟名景久，通稱股野五郎，曾在半夜與真田與市揪打。

❖**跟遊女梅川私奔**：典出近松門左衛門原著的《冥途飛腳》，現歌舞伎《戀飛腳大和往來》。送信飛腳批發商的養子忠兵衛，挪用公款三百兩為遊女梅川贖身，兩人逃往新口村途中，巧遇忠兵衛生父孫右衛門，孫右衛門在薄冰上滑倒，踩斷了草履帶子，梅川看不過去，照拂孫右衛門。

……大多是寺院和尚出些資金做小買賣，要不然就讓熟客買寺院武士❖股份，或當梳妝貨郎、菸草商販。因寺院有往昔熟客，叫賣菸草的比較多。大吉也是其中之一，住在關口屋租屋成為菸草販。萬養寺住持是大吉往昔的熟客，因此關係而讓他父親忠兵衛成為寺院下人。」

「那麼，披肩蛇那事是大吉和次右衛門的騙局嗎？」

「是的是的。你也知道，次右衛門明明身為長男，卻被弟弟次兵衛奪走家產，

❖**寺院武士**：在格式高的寺院負責處理事務的和尚武士。

男娼

內心很不高興。可次兵衛本就是大好人，哥哥應該可以把女兒交給弟弟，萬事託他照料就行，但光這樣哥哥不滿意。而那女兒阿由又是個好強女人，跟關口屋女兒是堂姊妹，對外卻跟下女一樣必須做事，很不甘心。關口屋打算將來為阿由找個女婿，照料年輕夫婦未來，但次右衛門父女內心則燃燒嫉妒之火，一直在找機會復仇，這當然不可能平安無事。明顯一定會惹出是非。而大吉又為了批發菸草，每天進出關口屋。儀表清秀，口才也好，阿由不知何時跟他有染。表面溫和，其實心腸很壞的大吉和次右衛門父女共謀，決定演一齣戲。」

「戲劇內容是……」

「戲劇內容是殺死關口屋獨生女，讓堂姊妹阿由成為繼承人。獨生女阿袖患上霍亂死去的話當然最好，但事情沒那麼容易算計。毒殺的話，事後很麻煩，他們才想到披肩蛇。恰好阿袖母女最近打算前往水道端冰川明神參拜，先用披肩蛇嚇她們，之後再殺死阿袖。殺法是用毒蛇咬她。世間人也知道披肩蛇的事，只要說是披肩蛇作祟，被蛇咬死沒人會懷疑。父親次兵衛是個迷信者，當然更不會起疑心。以現代人眼光來看，這齣戲編得太複雜，但那時代大家都相信披肩蛇會作祟，才能利用這事演戲。

「當時湯島天神境內有戲棚子。大吉借了童星力三郎，在明神山讓披肩蛇出現……畢竟是童星，演這種角色很順手吧。尤其阿袖母女去參拜時，同夥的阿由也跟去了，怪談般的戲應該演得很成功。那齣戲發揮作用，女兒因操心病倒，母親也成為半個病人。加上租屋的木匠死於霍亂。趁此機會，只剩殺死阿袖的步驟。蛇是大吉捕來，他交給阿由。當時跟現代不同，小石川那一帶有很多蛇或蝮蛇，大概從附近山上或草叢抓來。大吉把蛇放在小箱子，交給阿由。」

「是蝮蛇嗎？」

「是蝮蛇。阿由半夜取出箱子，打算放進阿袖蚊帳，只是人畢竟不能做壞事，取出時竟不小心讓蛇咬到自己……雖不知咬到哪裡，總之毒性馬上發作死去。所謂害人者亦害己，指的正是這事吧。意想不到的失敗令大吉和次右衛門嚇一跳，但事已如此也沒辦法。於是他們改變方法，讓父親次右衛門找碴說不領取死得不明不白的女兒遺體，最後終於敲了關口屋六百兩。」

「為了那六百兩，次右衛門才被殺吧。」

「你猜得沒錯。」老人點頭。「有關這點，必須先說木匠年造的事。」

「我也在意這點，年造為何還活著？」

「你聽我說。年造到湯島棺材舖幫忙，知道主人伊太郎因霍亂賺了很多錢，半夜潛進舖子殺死主人，讓老婆負傷，奪取十兩金子。那時鄰居大吉也一起去，在外面把風。不知該說天譴還運氣好，年造立即患上霍亂，善八去抓他時，已經死了。那時善八若再仔細調查大吉的話，應該可以看出這傢伙是同夥，可惜沒做到此程度，暫且放過他。

「之後送年造屍體到千住火葬場，火葬場生意太好，積了五六十個桶棺，說不能馬上燒，眾人就將桶棺交給場方離去。當時的火葬場很草率，尤其碰到爆滿時更亂七八糟。左鄰右舍擱下桶棺回去後，不知為何年造竟醒過來，打壞桶棺爬出。因是深夜，四周一片漆黑，他當然沒跟任何人打招呼，便離開那裡。

披肩蛇

「在今日來說，不可能就這樣了事，只是前面也說過，當時很忙亂，也就沒人在意。過幾天去拾骨灰時，帶回年造骨灰，這當然是別人的，不知拾回誰的骨灰。大霍亂時有很多這種例子。」

「年造又活過來了？」

「他一度因霍亂而死，又活過來。說很奇怪確實很奇怪。也許不是真霍亂。年造離開火葬場後，因死人沒法對証，不知他在哪裡做些啥事，總之拾骨灰後，某天晚上他回來。到鄰居大吉家露面，大吉起初嚇一跳，聽他說又醒過來才寬心。可他又擔憂湯島凶殺案暴露，善八來抓人一事。死去的話便沒事，活著回來就很危險，大吉警告年造，先讓他躲進萬養寺父親那兒。

「租屋鄰居甚藏老婆說看到幽靈，正是那時。若說不是幽靈會很麻煩，大吉也跟著散播謠言，其間笊籬販老婆橫死。不知是殺死阿由那蝮蛇逃出關口屋後門，在附近亂爬，還是另有原因，當時醫生也不知病因，才會造成各種謠言。接著是關口屋霍亂騷動，雖然接二連三發生怪事，但老婆和小學徒的霍亂不是有人下手，而是天災，也就無話可說。

「大吉是菸草販，尤其也在關口屋進出，與次右衛門很熟稔。因這關係，大吉也帶年造去，認識了次右衛門。不過，湯島凶殺案和關口屋案子完全無關，湯島那邊是年造和大吉兩人，關口屋這邊是次右衛門和阿由、大吉三人，各自任務不同，只有大吉同時跟兩件案子扯上關係。男娼出身的大阪人特別執拗，有很多黑心腸的人。」

「大吉和年造共謀殺死次右衛門嗎？」

「阿由死了，披肩蛇那事失敗，次右衛門找碴向關口屋勒索。大吉也指望那些錢，交涉談攏，終於拿到六百兩金子後，次右衛門竟全納入自己懷中，不給大吉分毫。一副既然阿由死了，大吉便沒用處的態度。大吉當然不服氣。他恐嚇說，若不分他一筆，他便要向關口屋揭穿內幕，但次右衛門嗤之以鼻，大言壯語說隨你怎麼做。大吉要求至少給他一百兩，這也不肯。終於以十兩把大吉趕出，大吉很不甘心。他和躲在萬養寺的年造商量，決定採取最後手段。

「到此為止，年造也曾偷偷到下谷，替大吉說情，但次右衛門堅持不給錢。再說次右衛門似乎隱約知道湯島那案子，更不能讓他活著。於是九月二十日深夜，年造從後門潛入。那巷子不是死胡同，在這種時候很方便。因是簡陋建築的舊房子，年造輕而易舉撬開廚房滑門。大吉則照例在外面把風。

「大吉說他沒看到現場，不知詳情，年造用小刀之類的凶器，襲擊熟睡的次右衛門，如願殺死他，找金子時，只在佛龕抽屜和破爛衣箱各找出一百兩，總計二百兩，剩下的四百兩不知藏在哪裡。不久鄰居醒來，兩人匆匆逃走，平安無事回到牛込。

「遺憾的是目標六百兩只拿到二百兩。但年造還是老實均分，大吉起初同意，但他父親忠兵衛是個壞傢伙，覺得年造取了均分的一百兩很可惜，慫恿兒子大吉，趁年造累了熟睡時絞死他，奪走一百兩。屍體埋在寺院後草原，父子倆打算等案子風聲過了之後，帶著二百兩回故鄉大阪。

「他們趁天未亮埋了屍體，但那一帶很多野狗。野狗大概嗅出啥味道，第二天聚在草原狂吠。起初大吉父子置之不理，但野狗叫得很兇，他們逐漸不安。野狗亂叫可能會令人起疑。兩人帶著鐵鏟和鋤頭到現場察看，發現屍體沒問題。他們趕走聚集的野狗，撥開芒草回來時，正好和我們相遇。算他們運數已盡，結果就是我剛才說的那般。再怎麼想，人還是不能做壞事。」

「四百兩下落不明嗎？」

「次右衛門埋在舖子地板下。那些錢怎麼處理我也不大清楚，聽說平安交返關口屋。關口屋女兒阿袖明白披肩蛇真相後，可能突然振起精神，不久就恢復健康。這女兒本是大吉町上的本尊，最後竟平安得救。人的運氣實在很難說。」

「在八角金盤葉寫下阿袖會死的，是阿由嗎？」

「是阿由耍的小花招。我沒實際看到，但可能用某種烤藥或腐蝕藥弄成蟲蛀模樣。只要仔細看，應該知道是阿由的筆跡，這正是外行人的粗心，也沒辦法。不，我們這行的有時也會因粗心而敗事，不能怪外行人。有時會判斷錯誤，事後才大笑不已。」

說到此，老人笑出。

「說到大笑，有這麼一件事。這是明治以後，冰川明神移到服部坂的事，小石川祭典夜市有給人看披肩蛇的棚子。說是自古以來住在冰川明神山那著名的披肩蛇，仔細一看，才曉得不知打哪兒活捉一條大青蛇，在蛇首塗上煤焦油，再吹噓是黑蛇首披肩蛇……明治初期還有不少這種騙人的棚子。哈哈哈哈哈。」

半七老人是明治三十年左右講這故事。之後讀了津田十萬庵著的《遊歷雜記》，我發現第二篇（文化十一年作❖）記載冰川明神的披肩蛇，內容全然吻合。那時我再度明白半七老人所言並非虛假。

❖文化十一年：一八一四。

河豚鼓

茶葉舖的七歲獨子玉太郎生得白皙可愛，
正月隨著母親家人前往湯島天神參拜，
不意在擁擠人潮中走失。全家上下心急如焚，
乳娘阿福更是寢食難安，直想尋死……

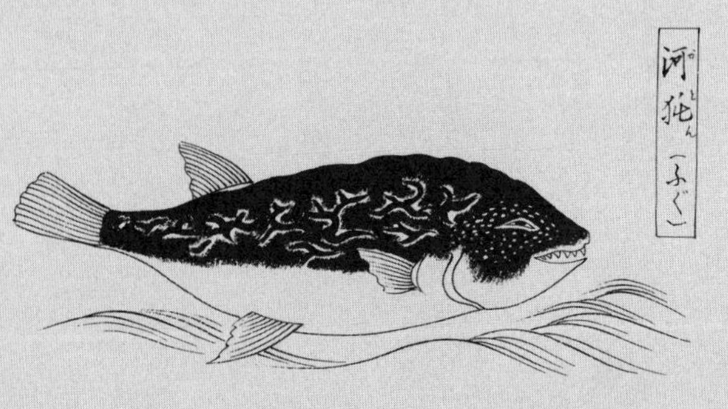

一

聊到種痘時，半七老人如此說：

「現代都說種痘，江戶時代到明治初期大家都說植疱瘡。像我這種往昔人到現在還是說植疱瘡。這種事你們應該很清楚，我就不細說了，據說日本是文政期❖開始植疱瘡，弘化❖四年佐賀的鍋島侯為兒子植疱瘡一事，轟動一時。之後逐漸普及，我記得應該是嘉❖永三年，書畫舖出現植疱瘡的浮世繪。是小孩子騎在牛背，揮舞長矛擊退疱瘡神的畫，大家都站在那書畫舖前張嘴呆看那些畫。不，你不能笑。其實我也是目瞪口呆人之一，現在回想起來真像做夢。」

「總之植疱瘡一事逐漸廣為人知，大阪比江戶更早開始。江戶是安❖政六年九月在神田玉池（松枝町）掛起官方批准的種痘所招牌。因此那時起便有種痘這稱呼，但一般都不說種痘，而說植疱瘡。接受植疱瘡的人很少。說植入牛的疱瘡會變成牛。你們聽了會覺得是笑話，但當時有很多人一本正經如此揚言。不僅

❖文政期：一八一八～一八二九。

❖弘化四年：一八四七。

❖嘉永三年：一八五〇。

❖安政六年：一八五九。

河豚鼓

外行人，連原有的中醫也有人不相信，說三道四地吹毛求疵。所以很多人都討厭植疱瘡。聽說外國起初也不信，看來任何國家都一樣。

「提到這些，話題自然照例會進入我的行業，這事有件案子。這案子若非江戶時代絕不會發生，真的算是古早事，對現代人來說也許反倒覺得稀奇。

「這事發生在文久二年❖正月。這一年初春起持續颳大風，動輒發生火災，令人傷腦筋，本鄉湯島天神神殿整修竣工，自正月二十五日舉行祭典，連續十六天都開龕，參拜者相當多。供獻的蠟人和工藝品也琳琅滿目，其中用灰泥製成的牛、兔等工藝品大受好評，女人小孩都爭先恐後去參觀。

「詳細日期我忘了，總之是二月初。神田明神下一家叫菊園的茶葉舖，家人到湯島參拜。這舖子在諸大名宅邸出入，規模不小，有人說該唸成『kikuzono』，但普通都唸成『kikuen』。舖子傭工似乎也這樣唸。因是茶葉舖，『園』也許應該唸成『en』吧。菊園老闆娘阿雛、獨生子玉太郎和奶媽阿福，除了這三人，還有鄰居一家叫東屋的點心舖老闆娘及女兒，加上東屋的親戚女兒總計六人，因神殿就在近鄰，他們過午才出門，前面也說過，供獻品廣受好評，湯島附近甚至擠得沒法回頭，一行人穿過人群到神殿前參拜，再去參觀那些供獻品時，

❖文久二年：一八六二。

獨生子玉太郎竟行蹤不明，大家全慌了起來。
「阿雛十八歲時嫁進菊園，二十歲年底生下玉太郎，奶水不足僱了奶媽阿福，玉太郎今年七歲。因是獨子，全家人疼得很。奶媽阿福也是個好脾氣的女人，疼玉太郎疼得如親生兒子。而玉太郎竟行蹤不明，難怪會引起軒然大波。
「在這種擁擠場所，小孩與父母走失不稀奇，父母自然著慌心亂，阿雛阿福都發狂般大吵大鬧。結伴來的東屋女人們也不能袖手旁觀，一起四處尋找。因離家不遠，眾人認為或許他自己回去，阿福趕回明神下舖子一看，舖裡人說沒回來。舖子這邊也鬧騰起來，兩個年輕夥計和一個小學徒立即趕到現場，仍找不到玉太郎。掌櫃要助也隨後趕來，四處打聽訊問，眾人都說沒看見。說是春季，但這時期日頭還短，吵著吵著天就黑了。

「在離家不遠的地方迷路有點怪。有人說，雖說是孩子也已七歲了，向別人問路的話應該回得了家。又有人說，要是誰發現，也應該會帶他回來。事情到此，便有被拐子拐走的嫌疑。也有人說或許是神隱。

「現代偶爾也聽說有這種事，不過往昔拐騙或神隱的例子很多。拐子會拐走標緻女孩，有時也會拐男孩，帶到遠方後賤價賣掉。神隱則不知原因。一般都說遭天狗拐騙，我不能保證真假。不過也有人半年一年後突然回來，說之前一直在山中生活。因此孩子不見時，通常第一是走失，其次是拐騙或神隱，玉太郎的例子也跳過走失這看法，大家逐漸認為是拐騙或神隱。

「神隱的話完全沒法子，拐騙的話必須早點設法，畢竟並非完全沒希望，因此那晚深夜菊園掌櫃要助來我家找我。現在開始要講故事了。」

二

主客在小榻榻米房座燈前對坐。正要睡時被叫醒，春夜寒氣滲入半七衣領。

「叫小玉的男孩七歲了？我曾看他在舖子前玩。是個膚色白皙的漂亮男孩。」

「是的。誇獎自己主人的孩子雖有點不合適，但正如您所說，是個膚色白皙的可愛孩子……」要助答：「因此雙親很擔憂，怕被拐子拐走了。左鄰右舍也這樣認為，說最好早點找三河町頭子，我才在夜深時刻來打攪，很對不起。」

「那麼，你老實回答我的問題，我才能掌握狀況。」半七說：「舖子有大老闆夫婦吧？」

「是，大老闆半右衛門五十三歲，老闆娘阿年五十歲。」

「小老闆夫婦呢……」

「小老闆金兵衛三十，小老闆娘阿雛二十六。小老闆娘的娘家是岩井町一家木材舖田原。」

「奶媽呢？」

「叫阿福，年齡跟小老闆娘一樣。阿福娘家是根岸一家叫魚八的魚舖，老闆代代都叫八兵衛，老闆娘叫阿政，還有一個叫佐吉的兒子。」要助逐一詳答。

「既然出來當奶媽，應該曾經有丈夫，她跟丈夫死別了？」

「聽說曾嫁到淺草，丈夫是個放蕩者……生下的孩子死了，才趁機離婚，出來當奶媽。她的確忠心耿耿，很疼惜主人孩子，內外風評都很好。」

接著問了舖子夥計、小學徒、裡房下女們的出身背景，半七邊想邊說：

「這事令人擔憂。倘若是跟舖子有關的人下手，也許很快就能解決，但若是路過看到孩子，覺得可愛而拐走，查起來有點麻煩。不過既然你特地來拜託，我盡力設法查查看。請代我向老闆問安。」

「萬事都拜託您了。」要助再三拜託後離去。

半七在玄關旁二蓆房目送他離去時，感覺有人躲在外面。要助拉上格子門離去後，半七也隨後套上草履走下脫鞋板，悄悄拉開格子門探看外面，今晚湊巧是暗夜，但可聽見有人躡足離去的聲響。

「喂，是誰在那邊？」

明知出聲會讓對方逃走，但總不能無聲無息便抓住對方，半七先出聲叫喚，對方果然一溜煙逃走。從草履足音聽來，半七馬上知道對方不是婦孺，似乎是年輕男子。半七在黑暗中偷笑，因他認為這案子也許很快便能解決。前面也說過，若是路人一時起歹念，要找出線索很麻煩，但這一定是跟菊園有關的人下的手。對方可能知道掌櫃要助來這兒拜託搜查，偷偷跟來觀察情況。不跟來就沒事，做出這種事才會留下線索，半七覺得很可笑。

第二天早上，半七在起居間吃早飯時，聽到入口格子門縫有東西拋進的聲音。半七使個眼色，老婆阿仙出去一看，發現脫鞋泥地掉落一封信。半七猜測跟昨晚那事有關，立即拆閱，信上果然寫著：

鄙人因故暫且代為照顧菊園公子玉太郎，並以武士誓言保證當事人安全，敬請轉告菊園一家無需過慮，也請閣下不必調查，謹先報告至此。

半七讀畢又笑出來。那筆跡確實不像町人寫的，但說甚麼「武士誓言」，顯然打算讓人以為是武士幹的，這花招太膚淺。昨天躲在外面的傢伙，和今早拋進這封信的鐵定是同一人。既然會玩這種小花招，半七更覺得必須查出真相，非逮住對方不可，匆匆吃過早飯後，手下彌助從後門進來。彌助這名字跟《千本櫻》裡的維盛有緣，因此夥伴們為他取了個綽號叫「賣壽司的」。

「好久沒來，對不起。」

「你無所事事在幹啥？喂，賣壽司的，我有事找你，你過來。」

叫進彌助，半七告訴他菊園那案子。

「這不是拐騙或神隱。是有人不知為何把玉太郎藏起。不是懷恨菊園，就是打算恐嚇勒索。你現在到根岸調查奶媽阿福娘家。阿福前夫是個放蕩者，這也順便查一下。」

「奶媽可疑嗎？」

「不是可疑，掌櫃還說她是個老實盡忠的人，但最近的忠心人也不盡可靠。總之先整個查一下。」

「明白了。我馬上去。」

「淺草那邊可以找庄太幫忙。盡快去辦。」

彌助離去後，半七陷於思考。按一般順序來說，應該先前往菊園跟主人見面，觀察一家人的樣子，但倘若拐騙者跟家人有關，反倒會令對方更加留神，這樣不妙。他認為最好遠遠觀察，最後再直接到舖子。另一點，今天九刻（正午）有個必須去送葬的葬禮。不等這結束，任何事都無法著手。而且葬禮前還得到八丁堀大爺那兒露面。半七是個忙人。

自八丁堀再轉到葬禮上露面，寺院在橋場。八刻（兩點）左右離開寺院，與其他送葬者前後踏上歸途時，半七突然想起一件事。手下庄太住在馬道。雖然早上讓彌助去找庄太，但自己順路，過去一下也好，於是往馬道信步走去，竟發現庄太雙手揣懷裡站在巷口。

「哎，頭子，去哪兒……」

「去橋場的寺院。」

「送葬嗎？」

「嗯。彌助來過了？」

「還沒來。發生甚麼事嗎？」

「我託他辦一點事……那小子是慢性子，沒進展。」

「先進來吧。不過今天很不巧，頭子會受不了。鄰居兩棟租屋正在換柱基，巷子內都是灰塵……我也是在家待不住，才逃到外面來……」

❖**賣壽司的**：《千本櫻》是人形淨琉璃劇，平家在壇之浦敗戰，平維盛躲在奈良縣下市市一家壽司舖，改名彌助。下下市的確有家旅館叫彌助，前身正是壽司舖，創業八百餘年。此劇是二百五十年前寫成，可見作者知道這家店而故意寫進劇本裡。

庄太邊笑邊帶頭往回走，窄巷裡果然很擁擠，兩棟老舊租屋正在掀地板。用袖子揮趕著灰塵，正打算快步穿過租屋前時，半七看到個東西。

「喂，庄太，你去把那個撿來。」

「甚麼東西？」

「那顆酸橙。」

地板掀起後，底下亂得像垃圾堆。其中滾落一顆大酸橙，庄太撿來後，半七拿在手中瞧。酸橙上寫著一個「龍」字。看來是最近寫上，墨色還很清晰。

半七知道這是防火咒術。據說在酸橙寫上「龍」字，除夕夜拋進地板下，第二年不會發生火災，也可避免延燒，現在也有人用此咒術。

大概基於龍會吐水或喚雨吧。看這酸橙還很新，可能是去年除夕夜才拋進。半七覺得這「龍」字筆跡很眼熟。

「誰住在這裡？」

「夜晚叫賣蕎麥麵的仁助，隔壁是收購空桶的久八。」庄太答。

「你去隔壁那間找一下有沒有酸橙。」

庄太在垃圾間翻找，但在隔壁的地板下沒找到。進屋後，庄太老婆也出來。

大致打過招呼，半七把玩著手上酸橙問道：

「這龍字寫得相當漂亮，不可能是那個叫仁助的傢伙寫的。你們知道他託誰寫的嗎？」

「是大街上的白雲堂。」庄太老婆插嘴。

她說，大街上有個叫幸齋的算卦者，開家小舖子，掛著白雲堂招牌。夜晚叫賣蕎麥麵的仁助託白雲堂在酸橙寫上「龍」字。

「白雲堂……怎樣的人？」半七又問。

這回換庄太說明。白雲堂幸齋是個五十二三歲的男人，住在這兒約十年。庄太自己不大清楚，但聽說卦算得不錯。幸齋是單身漢，當然沒老婆，似乎也沒親戚。會喝點酒，但沒甚麼壞風聲。只要近鄰託他，他會代人寫信，這對以算卦為生的人來說不是稀罕事。總之，白雲堂是世間常見的算卦者，其他沒甚麼與眾不同之處。

「這龍字有啥問題嗎？」庄太問。

「嗯，不太妙。」半七又想了一下。「不過，庄太，事情畢竟不能光託人辦，多虧我自己來這一趟，好像撿到寶了。」

不知情的庄太只是讚嘆般歪著頭，鄰居傳來類似牆壁崩垮的轟隆聲，彌助也同時滾球般地衝進來。

「哎呀，受不了，受不了！想不到搞得灰頭土臉。」

他用手巾撣掉臉上和衣服的灰塵，看到半七時吃驚地點點頭。

「頭子，您先來了？」

「江戶仔很性急。」半七笑道：「事情怎樣？根岸那邊……」

「大家都說我是慢性子，但工作細心。你們聽我說。」

「這兒不是獨門獨院，別大聲嚷嚷。」

聽到半七叮囑，彌助低聲開始講。

三

明治時代以後，根岸才編入下谷區，之前是豐島郡金杉村的一部分。提到根岸，就想到是黃鶯名所，也會令人緬懷所謂的「同一籬笆彎來繞去」的別墅區。根岸是文化❖、文政時代至天保初期以風致典雅著稱的地區，水野閣老於天❖保改革時，為了矯治奢靡風氣，禁止武家町人住在農家地區。自住居所以外，隨意購置所謂「寮」的別墅、備用房子之類，都屬奢侈之舉。

因此淡竹的根岸之鄉也急速凋零。春天可以聽到黃鶯仍如往昔鳴囀，但傾耳靜聽的風流人卻已遠離。之後禁令趨廢，江戶末期雖然往昔光景再現，但文政文化時代的根岸春景卻也難以恢復了。

魚八是根岸繁盛時期便住這兒的魚舖，生意一度興隆，卻隨著這一帶景況凋零，舖子也蕭條了，還是代代守在原地繼續小生意。前面說過，主人八兵衛，老婆阿政，兒子佐吉，親子三口暫且在此平安過日。佐吉今年十九，是個小有聰明的年輕人。女兒阿福十八歲嫁到淺草田町一家叫美濃屋的玩具舖，因丈夫次郎吉素行不良，八兵衛夫婦比當事人更早死心，二十歲春季提出離婚要求。阿福暫時回娘家，多虧奶水豐足，到外神田菊園當奶媽，前後工作了七年。

彌助的報告大致如此。

「你有沒有查美濃屋那邊？」

❖文化、文政時代：一八〇七～一八二八。

❖天保改革：一八四一。

「查了。可丈夫次郎吉這傢伙，終究是個被妻子拋棄的浪蕩者，玩具鋪三年前倒閉，現在搬出田町，住進聖天下的後巷大雜院，聽說在賣風車和竹管蝴蝶。二十九歲，據說是個白皙清瘦的時髦傢伙，我去時他剛好出門做生意不在。」

「之後沒再討老婆？」

「是單身漢。」彌助答：「不過，根據近鄰風聲，大約兩個月一次，有個年紀不小的女人偷偷來找他。又說這女人很可能是前妻阿福。那女人來過之後，次郎吉那傢伙就會有段日子整天喝酒無所事事，一定是那女人送零花過來。」

「真好命。你們也很羨慕吧。」半七笑道：「那女人應該是前妻阿福。雙親看不慣而硬將他們拆開，女人卻戀戀不捨，偶爾從主人家溜出來見他。而且兩個月一次，相當有耐性。看來阿福這女人不是傻瓜。」

「大概吧。」

「次郎吉那傢伙……近鄰風聲怎樣？」

「沒人誇他，也沒人說他不好。似乎就馬馬虎虎的。」

「這樣可不行。看來不讓白雲堂算算卦，還真不知答案。」

半七想了一陣子。假若擱在自己膝前那個酸橙的「龍」字是白雲堂的筆跡，今天早上拋進來的那封「武士誓言」信，大概也出自同一人手筆。倘若如此，那麼白雲堂便與這案子有關。次郎吉住在白雲堂附近。而菊園奶媽定時到次郎吉那兒。難道是這三人之間有甚麼牽連，幹下菊園孩子失蹤案？拐騙他人孩子再向雙親勒索的例子很常見。雖說奶媽阿福是個老實人，既然對前夫戀戀不捨，說不定受前夫慫恿而幫了甚麼忙。

話說回來，到底把玉太郎那孩子藏在哪裡？住後巷大雜院的次郎吉，和差不多等同於擺攤算卦的白雲堂，都很難把孩子藏在自己家裡。他們應該還有個共謀者。萬一不小心打草驚蛇，不但會讓共謀者逃走，也可能危害玉太郎安全。半七暗忖，必須查下去，弄清楚他們的犯罪過程。

「那我先拜託你們兩個。庄太注意觀察近鄰的次郎吉和白雲堂。彌助負責根岸魚八，仔細監視那魚舖到底有哪些人出入。」

決定了各自任務，半七暫且離開此地。歸途路經外神田，經過菊園舖前，斜眼瞧了一下舖子，沒看到掌櫃人影。鄰居掛著東屋布簾的點心舖，坐著個女人和舖子傭工在交談。因為看似菊園奶媽阿福，半七駐足遠遠觀望，不久女人離開舖子，快步走進一旁巷子。女人臉色蒼白。

這回換半七走進東屋。他買了一些不需要的點心，問舖裡人：

「剛才在這裡的是菊園奶媽？」

「是的。」

「聽說菊園孩子被拐走了？」

這時，三十五六歲的老闆娘自裡邊出來。她向半七頷首，馬上說：

「您已聽說了鄰家的事？」

「我聽到一點風聲。」半七在舖子裡坐下。「那孩子還沒回來？」

「剛才奶媽也來了，說還沒消息……當時我們也在，總覺得有些關係……」

「老闆娘也在一起？」半七裝糊塗問。

「是的。所以格外同情……看孩子到現在還沒回來，八成被拐走了。小玉膚色白皙，漂亮得像個女孩兒，也許被壞人盯上了。」

「完全沒線索嗎？」

「有關這點，我聽到一點風聲……」老闆娘望著街上壓低聲音。「昨天八刻半（下午三點）左右，聽說有人看到小玉在池端出現……不是一人，跟一個鏘啷鼓小販走在一起，看到的那人說，很像菊園小玉。八刻半正是眾人在天神境內找小玉那時，我想那孩子應該就是……」

「這事妳向奶媽說了嗎……」

「說了。不過奶媽歪著頭，一副不信的樣子。她說她們老闆家的小玉不會跟陌生小販走。可再怎麼說終究還是個孩子。」

奶媽不信她的話，她似乎很不滿。

「那奶媽看起來挺時髦的，有沒有情郎？」半七半開玩笑問。

「沒那回事吧。她人很正派……」老闆娘馬上否定：「小玉失蹤，她擔心得連飯都吃不下。那人真的很忠心。」

不管問誰，阿福的風聲都很好，半七有點遲疑。不過看似玉太郎的男孩和賣小鼓的走在一起，算是條線索。半七隨便打過招呼，離開點心舖。

十年前左右，不知誰先發明的，江戶曾流行河豚鼓。素燒碗狀的陶器上，碗口貼河豚皮，再用竹子削成的細鼓槌，能敲出鏘啷聲，因此俗稱鏘啷鼓。本來只是小孩玩具，不過比普通小鼓便宜許多，所以流行起來。半七猜測，誘拐者大概以河豚鼓為誘餌，拐走七歲孩子。

阿福的丈夫次郎吉據說現在是風車小販，或許也在賣河豚鼓。即便自己不

風車売

賣，也許認識河豚鼓小販。想著這些事，半七邊回三河町自家。回去後馬上自袖袋取出那顆酸橙，對照今早拋進的信文，果然跟「龍」字筆跡一樣。

「哈哈，蠢傢伙。竟然自己挖好陷阱跳進來。」

四

第二天早上雖放晴，卻吹著不像二月的寒風。

「看來天氣不好，今年春季沒下雨才這樣。」

半七邊說邊洗臉時，菊園掌櫃要助一大早就來訪。

「每次都來打攪很對不起，老實說，有件事想告訴頭子……」

「又發生啥事嗎？」

「奶媽阿福昨晚沒回來。傍晚起便不見蹤影，不曉得去哪裡……」

「過去她曾在外面過夜嗎？」

「沒有，前後七年，從沒在外過夜。因是這種時候，主人也很擔心，怕她因內疚去尋短……那時不止阿福一人，小老闆娘和近鄰也一起，孩子失蹤，不是她一人的過錯，但她非常苦惱，昨天甚至沒怎麼吃飯，萬一想不開而出甚麼差錯……老實說小老闆娘也有點急昏了，說阿福要是有甚麼三長兩短，她不會讓阿福一人死，打算為賠罪一起死，讓人擔憂的事情接踵而來……請頭子體諒。」

半七同情地望著唉聲嘆氣訴說的掌櫃。

「這我能理解。我調查後，得知阿福的前夫次郎吉那男人，現在窩在淺草聖天下，阿福是不是有時會去找他？」

關於這問題，要助如此回答。他說阿福是個老實做事的女人，因娘家就在不遠的根岸，每月允許她回一次娘家。當然都是半天就回來。玉太郎跟阿福很親，阿福回娘家時一定帶他。

除此以外她幾乎從不外出，大概不可能到淺草找前夫。

「小孩跟阿福很親嗎？」半七又問。

「比親娘還親。阿福也疼得如同親生兒子。沒想到發生這種事，我想阿福可能也亂了。」

「遣人到根岸娘家問了嗎？」

「天還未亮就遣人過去，娘家說昨晚到現在都沒看到，才更令我們擔心。」

「最近流行的小孩玩具河豚鼓。似乎通稱鏘啷鼓……你們那孩子有嗎？」半七若無其事地問。

要助回說，玉太郎也有河豚鼓。上個月和阿福一起到根岸，玉太郎就帶著鼓回來。不是買的，而是人家給的。阿福娘家魚八最近生意不怎麼好，老婆和兒子在生意之餘曬河豚皮。起初只是賣河豚皮，但賺頭少，最近開始批來陶碗，在自家貼製河豚鼓。本來就是小孩玩具，似乎只要有河豚皮，任誰都能做。玉太郎的鼓正是娘家給的。

「魚八也批發給商人嗎？還是兒子出門叫賣？」

「這我就不太清楚了。」要助也歪著頭。

「好，我大抵明白了。奶媽的事大概不用擔心。另外再問一件事，阿福會不會去算命，或去求籤？」

「會。她跟孩子死別，又跟丈夫生離，總之是個不幸的女人，自然很相信算命或神籤，有時她會提到這事。」

河豚鼓，白雲堂，二者之間的牽連逐漸清晰，但還不能隨便說出甚麼，於是半七草草打了招呼讓掌櫃回去。東屋老闆娘說的是事實，那個賣鼓小販不是魚八兒子佐吉，就是他朋友。也許是那個次郎吉。無論如何，真相是佐吉他們和奶媽阿福說好，拐走玉太郎。但阿福為何離家出走，原因猜不出，只是既然她跟案子有關，便不會做出主人和掌櫃所擔心的事。她大概平安無事，一定躲在某處。

如此一來，根岸那邊就不能讓彌助一人包辦，半七立即出門。寒風愈吹愈烈，江戶街上滿是灰塵。往北前行的半七，在上野廣小路那附近，好幾次都蒙頭蓋臉無法前進。

聽說根岸最近逐漸熱鬧起來，但實際前來一看，畢竟仍很空寂。往昔的別墅拆掉後，很多到現在仍是空地。半七想，這樣定居此地的商人也會受不了，他在尋找魚八舖子時，在不動堂附近的農家前遇見彌助。彌助看見半七快步挨近。

「風好大。」

「沒辦法啊。」

兩人邊避風邊走至路邊的大朴樹後。樹下有道小水溝。

「我問你，魚八在做河豚鼓嗎？」

「是的。」彌助答：「因生意不好，兒子佐吉在生意之餘也出門敲鼓叫賣。」

「總之先到魚八看看。」

「魚八沒人在。老闆和兒子都出去了，舖子只有老婆。」

「老婆是怎樣的女人？」

「是個四十五六歲叫阿政的女人，看上去不像壞人。老闆和兒子在近鄰風聲也不錯。」

兩人邊說邊順著水溝走了大約四分之一町，面對水溝並排著三四家小生意舖子。第二家是魚八，雖然蕭條但舖子門面挺大，並排著竹葦子，寒傖地鋪曬著河豚皮。舖子內沒人在，彌助探看裡邊呼喚：

「請問有人在嗎?」
「來了,來了。」
穿著骯髒套袖、年約四十五六的女人自裡邊出來,半七跨進馬上開口。
「妳是這兒的老闆娘嗎?我是跟明神下菊園有關的人,掌櫃託我來,今天早上舖子也遣人過來了吧?」
「是的。」老闆娘不安地回答。
「阿福都沒來這兒嗎?」半七問:「妳應該也知道,菊園舖子現在很忙亂。這節骨眼上奶媽又失蹤的話,很傷腦筋。因此我們也四處找人,你們都沒任何線索?」
「給你們添麻煩很對不起。今天早上舖子也遣人過來,她父親和我兒子都嚇一跳,總之先分頭去找,還沒回來。」
老闆娘雖寡言地打招呼,但她臉上明顯浮出困惑表情。是明知一切而佯裝不知,還是完全不知情,半七也無法立即判斷。
「真傷腦筋。」半七故意嘆了一口氣。
「真的很傷腦筋。」老闆娘也嘆了一口氣。「我女兒是個膽小老實的人,小玉失蹤的事她很內疚，認為對不起大家，不知是躲在哪裡，還是跳河了，她父親也很擔心。」

「那就沒辦法了。我們改天再來吧。」

「辛苦你們了。」

「你們這兒曬著很多河豚。」半七走出舖子說。

「是，因在貼鼓皮……」

「妳兒子也出去叫賣嗎？」

「是的，舖子生意不好，出去賺點零花。」

「聽說菊園孩子被一個賣河豚鼓的拐走……」

「哎呀，真的嗎？」老闆娘睜大雙眼。

「不會是妳兒子帶走吧？」半七開玩笑說。

「怎麼可能……我家佐吉為甚麼做那種事……佐吉要是做出那種事，他父親絕不原諒。我也不原諒。一定會在他脖子套上繩子，硬拽到菊園去！你到底從甚麼人聽來這話的？」

老闆娘氣沖沖反駁，半七有點招架不住。

「不，沒啥風聲，開玩笑的，開玩笑的。妳不要動怒。」

半七笑著搪塞過去，離開鋪子，彌助也隨後出來。

「老闆娘氣得很哩。」

「嗯，那老闆娘不知是真氣還是假氣，這還難說。」半七邊思索邊說。

「接下來怎麼辦？」

「我們去淺草。」

兩人在寒風中又跨步前行。自根岸來到坂本大街時，遇見快步走來的庄太。庄太到神田家，聽說半七已前往根岸，隨後追來。

「頭子，又發生騷動了。」

「怎麼了？發生啥事？」

「白雲堂死了。」

「為啥死了？」

「吃了河豚。」

「河豚……」

半七和彌助對望。兩人眼前浮出魚八鋪子前曬的河豚皮。

五

貼鼓時只用皮，雖不知河豚肉怎樣處理，總不可能白白丟棄，也許會廉價賣給拚著命也想吃的人。既然跟玉太郎案子有關的白雲堂因河豚而死，那河豚是不是來自魚八舖子？不是廉價買來，就是免費要來，結果遭河豚作祟而死嗎？如此一來，白雲堂和魚八肯定有牽連。難道看上去很老實的魚八老婆也靠不住，果然跟這案子有關？半七一路想著這些問題，和其他兩人匆匆前往淺草。

位於馬道的白雲堂舖子，今天早上遲遲沒開門，左右鄰居覺得奇怪去敲門，裡頭沒回應，鄰居更起疑，撬開屋後滑門，才發現算卦的白雲堂幸齋躺在廚房死了。他似乎想喝水，爬到廚房而死在該處，膚色變成紫紅色。那模樣明顯是橫死，左鄰右舍嚇一跳。房東和町幹部也來見證，按慣例報案。

之後檢驗公役也來了，依照醫生診斷和屋內狀況，得知幸齋死因是河豚中毒。吃河豚而死的例子不稀罕。既然不是他殺，驗屍也簡單結束。半七一行人抵達時，公役們已離去，白雲堂只剩亂哄哄的近鄰。幸齋是單身漢，只能召集近鄰為他辦喪事。

半七和房東見面，問了有關算卦者平素行為，結果跟昨天庄太的報告一樣，沒甚麼可疑之處。又據鄰居舊貨舖老闆說，幸齋昨天中午過後關了舖子外出。

「他哪時回來？」半七問：「沒說去哪裡嗎？」

「出門時，只說要出去一下，拜託我看顧，沒說要去哪裡。」老闆答：「天黑後才回來，之後過了一時辰，有個女人來找他。」

「是怎樣的女人……」

「她裹著頭巾……」

畢竟是算卦生意，每天有男男女女出入白雲堂。女客尤其多。因此鄰居舊貨舖也沒細看出入的客人。何況是昏暗傍晚，女人又深深裹著頭巾，老闆說完全不知長相年齡。半七認為這也難怪，只是很在意昨晚來的那女人，於是再問：

「之後那女人怎麼了？」

「我沒注意，不敢肯定，但好像小聲交談了一會兒才回去。」

「往哪個方向……」

「這我就不知道了……」

「白雲堂呢？」

「幸齋先生之後馬上外出，一直沒回來。大概四刻（十點）左右，我關了舖子大門，過一會兒他才回來，我聽到開門聲。那以後就完全不曉得了。」

「那女人沒跟他一起回來？」

「這我也不清楚……」

不知是完全不曉得，還是深恐扯上關係，老闆答得含糊其詞，無法繼續問下去。這時，冷不防頭上傳來貓叫聲，半七不禁仰頭看，是隻普通的三毛貓，頂著北風穿過白雲堂屋簷。

目送那貓離去，無意中看到白雲堂二樓。舖子雖跟露天攤子差不多，但還是有個小小二樓，半七想到或許將玉太郎藏在二樓，當下問房東：

「請問驗屍公役有沒有查二樓……？」

「沒有……」

既然判定是河豚中毒就不會查屋內，驗屍公役大概很快離去。半七向房東說一聲，打算讓庄太先上樓，這才發現沒梯子。這一帶房子小不設樓梯，而是擱著梯子上下，因那梯子拿掉了，一二樓之間沒通路。

「很奇怪。」半七問：「為何撤掉梯子了？」

「很怪。我設法上去吧。」

庄太以二樓底下壁櫥架子為踏板，順著柱子爬上去。半七也隨後爬上去，二樓是間狹窄三蓆房，幾乎跟倉庫差不多，但還是有個紙門破爛的六尺寬壁櫥。可以藏的地方只有這裡。半七使個眼色，庄太想拉開紙門，卻因房子老舊卡住了。用力一撬，紙門脫離檻槽，整扇倒下。兩人口中同時啊地叫出聲來。

裡頭上層架子塞著潮濕的舊寢具，但架子下躺著一個女人。女人年約二十五六，手腳緊緊綁著看似天窗拉繩的舊麻繩，口中也緊塞著舊手巾。腰帶被解開，揉成一團擱一旁，裸露身姿躺著的模樣看不出有無氣息。圓髮髻被揪鬆了披頭散髮，面色蒼白雙眼緊閉。半七伸手挨近她鼻子。

「還有氣息，快解開繩索！」

庄太解開女人手腳束縛，取出口中手巾，但女人依舊半死不活地一動不動。

半七自二樓喊話，聚集樓下的人頓時騷動起來。因沒梯子不好辦事，眾人慌忙在屋內尋找，終於發現梯子靠在廚房角落。

引窓

架上梯子，抱著女人下樓，先讓女人送到辦事處，半七又上樓檢查壁櫥，發現揉成一團的腰帶旁有個小布包。打開一看，裡面出現點心袋和小小河豚鼓。

二樓屋簷又傳來貓叫聲。

「故事也在此結束。」半七老人歇一口氣。

白雲堂二樓的女人是菊園奶媽，這點我也猜測得出，但其他事完全不明白。甚至連誰是好人誰是壞人都猜不出，我默不作聲看著，老人又徐徐說起。

「這就是最初說過的疱瘡那事。」

「疱瘡……植疱瘡嗎？」

「是的。前面也說過，江戶是安政六年成立種痘所，開始植疱瘡。這故事正發生在種痘所成立後第四年的文久二年，起初不放心的人也因聽聞種種風聲，開始零星出現一些願意種痘的人。當時還沒有文明開化這詞，但某些文化進步的人已開始到種痘所接種。菊園小老闆夫婦雖非進步的人，只是他們很疼孩子。玉太郎這孩子正如其名，漂亮得像塊寶玉，七歲為止一直沒患過真性疱瘡。聽到植疱瘡有效的風評後，為了以防萬一，菊園決定讓他種痘。

「老夫婦最初似乎不答應，但萬一患上天花，美玉般的臉很可能化為屋脊瓦。一想到這點，老夫婦也不能反對到底，換句話說，他們也心疼孫子，才勉強同意。小老闆夫婦也並非真相信有效，他們懷著就算無效也沒損失的心理，雖半信半疑還是決定讓孩子種痘，過幾天打算帶玉太郎到種痘所……

「接下來便是事件開端。奶媽阿福堅決反對，她相信植入牛的疱瘡會變成牛。心愛的少爺要是植入牛疱瘡那還得了，聽說她大力反對，但終究拗不過主人。可又無論如何也不想讓少爺植疱瘡。於是她先到淺草馬道白雲堂那兒商量。不是商量，是去算卦。」

「以前就認識白雲堂嗎？」

「阿福很相信神籤或占卜，嫁在田町次郎吉家期間，也常去求觀音菩薩的籤，或到白雲堂算卦，很久以前就認識。這回跑到白雲堂針對植疱瘡算卦，幸齋那傢伙故弄玄虛擰著筮籤，說絕對不行。他說要是植疱瘡，不是會不會變成牛的問題，而是孩子絕對會在七天內喪命。本就坐立不安的阿福，聽到這種占卜結果，更是面無血色。

「她問幸齋該怎麼辦，幸齋說眼下只能把當事人玉太郎藏到某處。這樣一來事情受阻，自然作罷……因幸齋說肯定能一勞永逸，阿福終於決定如此做。要說女人想法膚淺也行，但阿福真的很拚命，跟《先代胡枝子政岡》❖那般，只是基於盡忠決定守護少爺而已，並非現代人譏為迷信的那類人。仔細想想，她也很可憐。」

「根岸的雙親也是一夥的？」

「她聽了白雲堂建議，之後直接繞到根岸，說明這事，魚八夫婦當然是舊思想的人，也反對植疱瘡的。再說又受到白雲堂恐嚇，這對夫婦也同意女兒，決定把心愛少爺藏起。於是萬事商量好，計劃前往湯島天神參拜時帶走玉太郎……這任務由弟弟佐吉擔任，幸好玉太郎跟阿福很親，奶媽說的話他都肯聽，老實跟佐吉走了。

「可是藏在根岸家很危險，菊園的追捕者很可能找來，因此馬上把玉太郎帶到白雲堂。事前就說好暫時藏在白雲堂二樓。佐吉成功完成任務後，深夜悄悄到姐姐那兒報告，聽姐姐說菊園掌櫃到我家來拜託搜查，他很不安，也隨後來探看。佐吉雖有小聰明，但年紀還輕，也不是壞人，所以認為讓捕吏進行搜查對事情不利。第二天一早便跑到白雲堂，商討該如何是好，幸齋這傢伙又出主意

❖《先代胡枝子政岡》：歌舞伎劇，政岡是奶媽名字，為了保護少爺而盡力。

寫了那封『武士誓言』信交給佐吉，這正是失策，要不然我也不會注意到酸橙那個龍字……」

在此明白了玉太郎誘拐事件的來龍去脈，但之後完全不明白。有關這點老人再度說明。

「魚八一家都不是壞人，可白雲堂那算卦的是個壞傢伙。當事人死了，不知詳情，但他要阿福誘拐菊園孩子，肯定有啥企圖。雖說咎由自取，但可憐的是奶媽阿福，她讓弟弟帶走心愛少爺，卻非常掛心，很擔心少爺過得如何。第二天一整天心不在焉，終於耐不住，天黑後前往根岸娘家，娘家說白雲堂剛離去。「阿福聽娘家說，白雲堂表示藏在自己家很危險，打算又藏到別人家，益發不安，馬上繞到淺草，那時在根岸娘家要了河豚鼓，又在雷門買了點心，給少爺帶去……可見她非常疼愛少爺。

「接下來就是災難了。阿福到白雲堂時，幸齋說已經把玉太郎託給別人。阿福就說，那你帶我去那人家，幸齋說一起出門會惹近鄰注意，要阿福先走，他隨後出門。結果他帶阿福到山谷一個叫勝次郎的傢伙家。勝次郎在吉原工作，晚上不在，家裡只一個六十幾歲的半聾老母。帶阿福到二樓，白雲堂開始恐嚇。

「幸齋恐嚇說，誘拐是重罪，尤其誘拐主人孩子，罪責更重。妳當然有罪，共謀做出壞事的妳雙親和弟弟都逃不掉死罪，最好要有心理準備，他不但奪走阿福布包的錢，還強姦阿福。之後又硬拉著阿福回馬道自家，阿福不知是受驚還害怕，已半死不活，不但無法逃走，也出不了聲，就那樣被帶到馬道幸齋家，幸齋綁了她手腳，拿手巾塞進她口中，拋進二樓壁櫥，並自一樓拿掉梯子。年紀都過五十了，真是個壞傢伙。

「之後幸齋坐在起居間，吃河豚火鍋又喝酒。河豚是自魚八要來的，他正打算喝酒時，剛好阿福來了，火鍋就那樣擱著。如果幸齋平安無事，阿福不知又會遭啥殃，幸齋似乎一度喝醉睡著了。半夜醒來時，因為吃河豚中毒痛苦而死，這該說是天譴吧。」

「玉太郎藏在哪裡？」

「白雲堂死了，也就沒線索。山谷勝次郎雖認識白雲堂，但他說對案子完全不知情。既然如此，只能調查次郎吉，我叫庄太帶我到聖天下，途中遇見一個二十七八的時髦女人。湊巧有個叫賣河豚鼓的小販路過，女人叫住小販，買了個小鼓。光如此就沒啥稀奇，只不過畢竟那種關頭，那鼓很令我在意，不禁跟在她身後，女人也走往聖天下後巷大雜院。我們覺得奇怪，她竟然進入次郎吉家。這更可疑了，我們在巷口觀察，次郎吉不在，女人又折回來。問了近鄰，得知正是偶爾來找次郎吉的女人。

「至今為止一直以為是阿福，知道是其他女人後，我也有點意外。之後又暗中尾隨，女人過了今戶橋，在八幡宮前拐彎，進入稱福寺附近一家小小整潔的二樓房。問了鄰居，說她本來是吉原妓女，叫阿京，做完契約年數後，受當舖槌屋上代老闆照顧，過著姨太太生活。我們進屋調查。

「阿京從裡邊出來後，我一見到她，馬上說『我們來接菊園玉太郎，妳馬上帶他出來』，女人稍微變了臉色，回道家裡沒這人。我接著說『怎麼可能，那妳買鏘啷鼓給誰』，這句擊中她，女人走投無路回不出話，我又馬上盛氣凌人說『快，快，快帶路』，催促阿京到二樓，果然發現玉太郎。」

「那個叫阿京的女人也是共謀？」

「說共謀的確也算。次郎吉是阿京在吉原當妓女的熟客，她雖成為槌屋上代老闆的姨太太，仍偷偷讓次郎吉進屋。次郎吉家是後巷大雜院，近鄰比較囉唆，阿京罕得主動去，總是叫他來自己家。次郎吉是個窩囊懶人，因人長得俊俏，就成為阿京的情夫。當然以前就認識白雲堂。

「白雲堂一度把玉太郎藏在自己家，但他家畢竟太小，跟鄰居很近。而且他是單身漢，沒法照顧孩子。何況又聽說菊園拜託捕吏尋找孩子，更覺得擱在家裡不安全，於是和次郎吉商討後，暫且讓玉太郎躲在阿京家二樓。次郎吉因白雲堂知道自己跟阿京的秘密，加上本來行事就輕率，隨隨便便答應了，阿京和次郎吉都沒有壞打算。

「阿京受情夫之託，代為照料玉太郎，但畢竟是孩子，開始想家哭出來。她為此去找次郎吉商量，途中買了河豚鼓想哄孩子。結果被我們撞見，還遭我們跟蹤。阿京若不買小鼓，我們也很可能略過去了。」

「阿福和次郎吉無關嗎？」

「我認為他倆還維持關係，這是我判斷錯誤，我把阿福和阿京搞錯了。這種誤解往往會導致失敗，人不能知一而不知其二。可這案子跟次郎吉有關，可說是自然的因緣。不，提到自然的因緣，若不是有貓在白雲堂屋頂叫，我也不會仰望二樓。而若沒看到二樓，也就不會想上樓。當然貓大概沒啥意圖，但基於這類事而得到線索的例子很常見。查案時也並非都靠自己動腦筋，有時是靠自然界某物引導，挖到意想不到的寶物。想想真的很不可思議。」

「阿福結局怎樣？」

「阿福經治療後交給主人。她雖惹出這種騷動，終究是個女人，本就沒惡意，是出於忠心，加上主人懇求，只受了町幹部斥責，她本人平安無事。只是考慮到世間和近鄰風聲，也不能繼續待在菊園，因此主動辭職回根岸娘家。

「白雲堂若不因河豚喪命，不知阿福結局會怎樣。魚八也並非打算殺白雲堂才送河豚，卻自然而然讓他送命，把女兒救出困境，總覺得這過程很像小說。

「聽說菊園玉太郎日後也種痘了。阿福回根岸娘家後，一直沒再嫁，在家裡幫忙，據說上野彰義隊戰爭時中了流彈過世，真是自始至終都不幸的女人。」

附錄

茂呂美耶　執筆

東京老字號商店

東京有很多創業三、四百年，當代老闆是第十幾代的商店。例如三井財閥的「三越百貨公司」，前身正是日本橋的呉服舖「越後屋」，一六七三年創業，一八三〇年時，舖子規模已有七百坪，傭工二百多人。上野、銀座的「松坂屋百貨公司」前身是「伊藤呉服店」，一六五九年在名古屋創業，一七六八年到江戶開分店。

一般說來，目前所謂的「宮內廳御用商店」都是經過嚴格審查的老字號。明治時代天皇親政以來，才有「御用商店」這詞，之前雖也有「皇宮御用」，但當時皇宮還在京都，御用商店通常以京都、大阪為主。

明治天皇搬到東京後，東京才出現御用商店。例如銀座領帶商店「田屋」，長崎蛋糕的「文明堂」，烤鰻魚的「伊豆榮」，日式牛肉火鍋的「松喜屋」等都是御用商店。

以下介紹幾家目前仍在經營的老字號商店：

◎便當：

日本橋魚市的「弁松」創業於一八一〇年，本來開一家小飯館，第三代老闆松次郎發現魚市客人吃飯很匆忙，往往是邊吃邊做生意，有時客人來不及吃完，便託老闆用竹皮包吃剩的東西帶回去，松次郎乾脆於事前用竹皮包成便當擱在舖子，這創意很受歡迎。一八五〇年改名為「弁松」，成為專門賣便當的舖子。如今魚市已搬到築地了，但「弁松」仍固守在日本橋。

◎握壽司：

握壽司於十九世紀初出現在路邊攤，但握壽司的前身是竹葉卷壽司，本來是戰國時代用竹葉包飯當成軍糧，之後又將魚肉酸化跟飯包在一起，這正是竹葉卷壽司。

竹葉卷壽司大約在一七〇二年出現於江戶，當時日本橋附近有幾家聚集一起，因是用江戶灣的新鮮魚蝦，每家均是江戶名產之一。但目前這些舖子已消失，唯一留下的是搬到神田小川町的「笹巻けぬきすし総本店」，創業歷史有三百年以上。

◎烤鰻魚：

烤鰻魚也是江戶名產之一，一八五二年時，江戶市內總計有二〇五家鰻魚舖，但號稱名店的很少。目前仍在淺草經營的舖子是「前川」和「色川」兩家，當代老闆是第六代，仍維持江戶味。

◎柳川鍋：

柳川鍋是牛蒡、泥鰍、雞蛋一起煮成的淺火鍋。淺草的「駒形どぜう」於一八〇一年創業，距今已有二百多年歷史。

◎天麩羅：

淺草雷門的「三定」於一八三七年創業，有一百六十多年歷史，一人份客飯才一千三百日圓，套餐則是五千日圓起。台東區日本堤的「土手伊勢屋」則有一百多年歷史，這家是天麩羅蝦蓋飯，一千四百日圓起，每逢週末客人都排長龍。

◎佃煮：

佃煮就是用醬油、甜味酒煮小魚的保存食品。德川家康到江戶時，帶來攝津國（大阪府西北部，兵庫縣東南部）佃村漁民，讓他們在江戶灣沙洲建設漁村，取名佃島，專門捕江戶灣的魚。這些漁民除了送新鮮魚到江戶城，還把剩下的魚用鹽水煮成保存食品。

目前在淺草的佃煮老字號「鮒佐」，創業主人是大野佐吉，一八六二年開始販賣炸鯽魚，但只用腹部乾淨的寒鯽魚，因此只能在冬天營業。某天他在江戶灣釣魚，海面起風浪，船漂流到佃島。他在漁民家過夜時，吃了鹹小魚，回江戶後經過幾次改良，發明出目前的佃煮。當代老闆是第五代，仍維持用柴薪煮的傳統方式。

◎木桶：

明治時代在深川創業的「桶榮川又」，維持著傳統技術，創業百年以上的目前第三代職人，本身甚至是江東區無形文化財。木桶製品的代表是飯桶，「桶榮川又」用的木材是樹齡二百至三百的木曾產花柏。將原木浸在蓄木池一兩年，之後又花三個月輪流浸水、曬乾，最後才成為製材。他做的飯桶，盛入剛煮熟的飯，可以吸收飯粒中多餘的水分，也非常耐用。

◎**花火**：

日本每年夏天全國各地都有花火大會。江戶於一七三二年首次發射花火，前一年霍亂大流行和冷害，死了很多人，八代將軍德川吉宗為祭祀被害者，在隅田川下游舉行水神祭，當時射出二十個花火。

「鍵屋」初代彌兵衛是伊賀忍者後代，忍者本來就會用火藥，他發明出用火藥製造玩具花火，一六五九年自奈良到江戶開舖子。起初只是在蘆葦管黏個火藥小圓球而已，是現代「線香花火」的前身。一七一一年似乎已開發出在半空開花的花火，幕府留有他奉六代將軍家宣之名射出「流星」的記錄。

第六代老闆在水神祭射出新花火後，「鍵屋」成為幕府御用商人。一八〇八年，「鍵屋」第六代老闆給掌櫃分字號，叫「玉屋」。以後每年五月二十八日直至八月二十八日的納涼大會，「鍵屋」和「玉屋」分別在下游和上游競賽，因此江戶人觀賞花火大會時，一定會大喊「鍵屋」、「玉屋」。

然而一八四三年，「玉屋」發生火災，被趕出江戶，因此只剩「鍵屋」仍在奮鬥。二〇〇〇年由第十五代（女生，一九七〇年生）襲名花火師地位。

◎**福神漬**：

福神漬是咖哩飯旁一定有的八寶醬菜，發明者是目前在上野營業的「酒悅」第十五代老闆野田清右衛門。「酒悅」字號本來是「山田屋」，於一六七五年在本鄉元町創業，是海產物舖子。後來搬到上野池之端，開始賣高級茶「香煎」，同時也改名為「酒悅」。

第十五代老闆歷經幕末、維新期，他反覆研究，想發明出用醬油漬成的醬菜，當成喝茶時的點心。發明廣受好評。當時通俗小說家梅亭金鵞為醬菜命名「福神漬」，理由是用七種材料做出，跟七福神一樣，而上野不忍池正是供奉七福神之一弁天神。

福神漬成為咖哩飯的搭配，是日本郵船歐洲航路的船內食堂，因印度咖哩飯搭配顏色跟福神漬類似，便試著用福神漬搭配，不知何時竟成為慣例。

◎**鯉魚**：

位於葛飾區柴又的「川甚」一七九〇年代創業，專供應淡水魚，尤以鯉魚最有名。創業當初直至大正時代初期，因建在江戶川河邊，客人可以搭船直接進舖子，堤防也沒路燈，女侍提著燈籠在堤防接送客人，這種風情吸引眾多文人，夏目漱石、谷崎潤一郎、松本清張、尾崎士郎、林芙美子、幸田露伴等人，都在作品提到「川甚」。如今店舖建在堤防旁，但還是可以自店內觀賞江戶川河面及渡口風情。

◎甜酒釀：

江戶時代鎮守江戶的總守護神，正是千代田區外神田的神田明神——神田神社。祭神是大國主命、少彥名神、平將門。尤其平將門最有名，是關東地區的英雄。德川家康在江戶設立幕府時，為尊重先住民的信仰，將神田神社定為總守護神。

因此參拜者非常多，自大鳥居直至拜殿的主參道，並列著許多土產品店和飲食店。其中最有名的老字號是大鳥居旁的「天野屋」，創業於一八四六年，專賣甜酒釀和甜豆。神田神社位於關東壤土層的山之手台地，地下適合酒麴發酵。

「天野屋」在舖子地下挖了深約六公尺的地下室，培養麴菌。因那地下室能適度保持濕度和溫度，現在也持續使用。甜酒釀對江戶人來說，應該是現代人的咖啡或紅茶那類吧。

◎日式餐館：

「八百善」於一七一七年在淺草創業，可說是老字號中的老字號。創業者善四郎是德川家康設立幕府之前，便住在神田福田村的農民。他看幕府成立之後，江戶人口逐漸增多，在淺草賣起蔬菜和乾菜。舖子本為「福田屋善四郎」，日後又改名為「八百屋善四郎」，通稱「八百善」。

文化年間（一八〇四～一八一八），轉行為外送料理舖，文政年間（一八一八～一八三〇）又發展為餐館，之後「八百善」逐漸成為高級料亭（日式酒家）的代名詞。

一九七二年遷移至築地，受戰火燒毀，戰後又遷移至永田町。目前在兩國江戶東京博物館內七樓營業。宮尾登美子著的《菊亭八百善眾人》，內容正是第九代老闆娘的奮鬥記，NHK曾於二〇〇四年拍成連續劇。

◎水晶糕：

江東區龜戶神社，通稱「龜戶天神」，祭祀學問之神菅原道真。門前町有許多鯉魚、鰻魚料理店，境內終年可見參拜者。此地有家延續了二百多年的水晶糕老字號「船橋屋」。

創業者勘助本在千葉縣船橋開豆腐舖，後來到江戶寄宿龜戶村某園丁家。他時常到附近龜戶天神逛，想到若在境內賣水晶糕，或許能得參拜者好評。水晶糕是關東地區各地農家孩子和老人常吃的普遍點心，勘助當然也知道製法。主原料是葛粉。

當時一般吃法是在水晶糕上淋黑糖製成的甜漿，勘助又經過種種改良，最後於一八〇五年在境內開業。目前「船橋屋」仍是龜戶天神的名產之一。

◎豆腐：

台東區根岸（ＪＲ鶯谷站徒步二分）的「笹乃雪」創業以來已三百一十年。第一代玉屋忠兵衛隨一百一十代後西天皇的親王自京都來江戶，開始製作絹豆腐，這正是江戶首次出現絹豆腐的由來。親王稱讚「美得如細竹上積雪」，為豆腐命名為「笹乃雪」。

該店鋪目前仍維持江戶時代以來的製法，採用深一百公尺的井水，這井水水質目前依舊每年兩次通過保健所的嚴格檢查。一人份套餐客餐一千九百日圓起，套餐四千二百日圓起，單獨一品三百五十日圓起。

圖版選說

◆封面

◎唐人飴：唐人飴小販戴著頂部裝飾羽毛的帽子，穿唐裝，吹唐人喇叭召集客人，有人買糖，便跳舞給孩子看。打扮跟一般賣糖或賣藥小販不同。圖中的唐人飴小販下半身穿著四肢騰空的紙馬，邊走邊吹喇叭。幕末時才用紙製馬匹當招牌。

背景的松樹則摘自俵屋宗達的《松圖襖繪》。

◆妖狐傳

◎狐嫁：黑暗中一列狐火（鬼火），很像女子出嫁行列的燈籠，所以又稱「狐嫁行列」。另一意思是明明太陽高高在上，卻下起小雨，據說這是狐狸在舉行婚禮時，為了不讓人類看見，即使是萬里無雲的天氣，也會故意下雨。

◎化為女人的狐狸：在日本，一般都認為狐狸喜歡化為女人，蠱惑路人。圖中狐女一旁有兩尊地藏菩薩，表示位於村落出入口。

◎旅人主從：簑笠和行李是男人遠行時的代表裝扮。圖中最前面那人是主人，手持菸管，披著雨衣。其次是下男，最後一個是隨從。隨從肩上扛著一前一後搭在肩上的行李，前方是布包，後方是竹簍，用真田繩或手巾綁起，裡面裝遠行必要道具。

◎繪草紙屋：「冊子」「草紙」「草子」「雙紙」都通用，均為書籍。「繪草紙」指以圖繪為主的小說，多為短篇通俗小說。圖中後面一整排是浮世繪，女老闆正在向客戶推薦書籍，客戶看似姨太太，站在身後的是下女。

◎入墨仕置：「入墨」是針對盜賊犯的附屬刑，亦即在擊打、逐出國境等主刑外附加的罪刑，表示前科犯。而一般壯丁（例如轎伕）在手臂或背上刺的花紋圖案，不叫「入墨」，而是「雕物」或「刺青」，因他們雕的不是前科犯證據。刺青紋依各藩國而有別，看紋樣可以知道在哪個藩國犯罪。明治三年九月二十五日才廢止。

◎矢場：射靶場。用一尺左右的弓與七、八支箭，在距離約十二公尺處射靶。靶子後有大鼓，若沒射中靶子，便會射中大鼓發出響聲。而在此處工作的女人正是矢場女，是公然娼妓。

◆新喀擦喀擦山

◎屋根船：有屋頂的租船，頂上有竹簾，放下可以擋陽光，故又稱「日除船」。平日專當交通工具，船伕一至二人。圖中女人是藝妓，一人彈三弦，另一人洗酒杯。藝妓對面有兩個客人。船伕在抽菸，船內可做料理，不但有冒煙的鍋子，料理人身後還酒桶。

◎船宿：租船旅館，通常有兩樓，二樓是酒席，格子紙窗也是特製的，酒客可以坐在榻榻米上，趴在窗沿欣賞河景。二樓頂多只有兩個房間，因此不接生客。圖中左側是商家小姐和乳母（沒有眉毛），以及小學徒，因由乳母安排，來租船旅館和舖子夥計幽會。

◎武家妾：武家姨太太。按髮髻可看出武家正夫人和姨太太的身份，姨太太髮髻是「三輪髻」，浮世繪插畫中的大名、旗本姨太太，都是這種髮髻。

武家の妻

◎**頭巾女**：頭巾可防寒防塵埃，更可避人眼目。圖中女子是藝妓，腰帶下垂，而且用左手提和服下擺，這是因為右手要彈三弦，表示賣藝不賣身。妓女則用右手提下擺，提起來較方便，而且露出部分多。但一般女性和服沒那麼長，走路時不提下擺。特殊職業女性才穿長下擺，中央可以分開，由左右兩邊都能提拉。提下擺是一種給男人看的「性感」演出，一般女人走路若提下擺，會讓人誤會是特殊行業。新娘例外，婚禮當天也穿長下擺，新郎才可輕易伸手進衣服裡頭。

◎**垂髮髻、三輪髻**：德川時代諸侯的正夫人或小姐，通常是「垂髮髻」，垂成一個圓圈。姨太太則是「三輪髻」，盤結成三個小饅頭。

◎**武家奉公女**：身份雖是下女，但一般庶民除非是有錢商家小姐，而且有門路，否則很難進武家當下女。主要是學習武家待客或家居禮儀，走路、拉紙門、吃飯用筷方式等等，一切舉動都有固定禮儀。大商家通常喜歡挑曾在武家奉公的商家女兒做媳婦，因為娶進來的媳婦將來是老闆娘身份，不懂禮儀擔當不起。

◎抽菸草：圖中的楊楊米房是中等以上的商家。跪坐在走廊穿外褂的是掌櫃，在房內抽菸管的是架子工頭兒，也就是消防隊隊長，穿皮外褂。頭兒面前擱著攜帶用裝菸管的菸筒和菸袋。

◎蒙面武士斬人：蒙面武士將下擺撩至腰後，被砍的人也是，這是男人趕路跑步時的習慣。

◆唐人飴

◎飴曲吹：軟糖花鳥或米粉花鳥是江戶時代遺物，聽說最初只做成小鳥形狀，所以通稱「糖鳥」。圖中小販做的是葫蘆。

◎關東煮小販：關東煮小販主要賣熱酒和田樂（蒟蒻沾味噌），以及蕃薯串。還有一種豆腐田樂，也是沾味噌烤。圖中的田樂是煮蒟蒻，煮蒟蒻是幕末時期才出現。木箱中間那層是蕃薯，最下面才是熱酒。

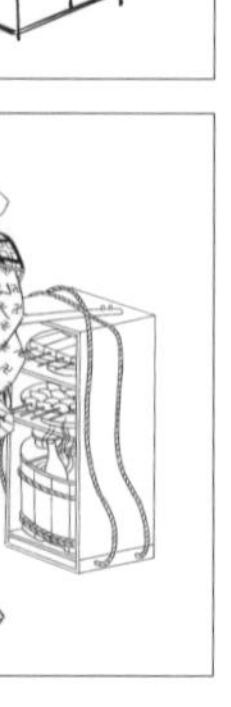

◎看看舞打扮之圖：由長崎出島流行開來的唐人舞，據說起源是荷蘭或中國。最前面是鉦鼓，其次是二胡，第三個是三弦（三味線），最後一個是大鼓。均頭帶唐帽身穿唐服。

◎和藤內與老虎：歌舞伎劇《國姓爺合戰》中一幕，近松門左衛門著作，一七九一年首次上演，故事是鄭芝龍和中日混血兒鄭成功反清復明的過程。戲劇中，鄭成功的名字是和藤內。

◎看看舞：帽子暗紅，上衣灰色，下身黃色，襪子白色，布襪茶色。

◎**庵看板**：庵形招牌，上面寫著歌舞伎劇演員名字。

◎**桶屋**：木桶小販。圖中木桶是挑擔子用的擔子桶，一旁是魚販裝魚的「盤台」，「盤台」上擱砧板可以剖魚。職人手中纏的是竹子，用來當束緊木桶的環箍，大型酒桶則用孟宗竹。明治末期以後才用金屬箍。

◎**女役者**：女演員正在卸妝。江戶的劇院只限有淵源的三座戲班子，但神社寺院境內上演的是臨時野台戲，可以搭棚子上演戲劇。但只限上演百天，因此必須時常換場地。一六四六年幕府禁止男女一起合演。

◇披肩蛇

◎切禿：無論男女，剪成披肩狀不綁起來的髮型叫「切禿」，通常是小孩子髮型。又演繹為所有小孩。

◎菸絲小販：起初是挑著叫賣，扁擔兩頭各有眾多小抽屜的箱子，後來變成背箱。背箱也有眾多抽屜，存放等級不同的菸絲。走路時抽屜鐵環會發出聲響，所以通常不必揚聲叫喊。圖中是嘉永年間（一八四八～五四）的菸絲小販，箱子比初期小，而且是手提。

◎町家的母女、女中：「町家」指的是商家。母親結的是正派商家老闆娘髮髻「丸髻」。小紋衣服（花紋跟花色僅有一種）、黑腰帶、前面綁調節帶、草履，是商家婦女外出時的典型打扮。女兒穿的是又寬又長的縐綢振袖。下女是島田髮髻，髮髻綁白紙或白線，不能像女兒那樣髮髻綁彩色紙或插髮簪。

◎**燒場**：又稱「火屋」，是火葬場。江戶的火葬場以橋場、千馱木、四谷、目黑、澀谷為主，日後又增加小塚原、砂村落合兩處。其中以小塚原規模最大，不分晝夜燒屍體的味道，據說根據風向可以傳到吉原遊廓。圖中圓木桶是「早桶」，表示趕時間粗制濫造出的棺材，圖中女子是死者，男子以現代用詞來說算是殯儀館員工。

◎**下女、下男**：同樣是下女，圖左是負責女主人或小姐身邊瑣事，在商家所有下女中地位最高；右邊女子則負責廚房瑣事，在商家所有下女中，地位最低。下男則負責一切體力勞動。

◎挑桶棺：窮人家送葬的情形。蹲在地面哭泣的女人是死者老婆。前頭跟和尚走一起，穿外褂的是房東。抬棺材的是大雜院鄰居，棺材上蓋著衣物。

◎男娼：牛郎。江戶的牛郎茶館曾在天保改革時一度廢止，但之後又以男服務員名義繼續營業。牛郎跟妓女不同，孩提時代才有本錢，十七八歲便退休。

◆河豚鼓

◎疱瘡神：天花神，又稱「步行神」、「旅行神」、「巡神」。據說最怕狗和紅色，在枕邊擱置狗玩具，或給小孩穿紅衣，可以避免傳染。

◎迷子探：搜尋迷路孩子。江戶走失或迷路孩子問題很深刻，一旦走失，通常找不到，因此為人父母的通常還孩子脖子上掛個「迷路牌」，上寫住址和父母名字、孩子小名。

◎蝶蝶賣：賣蝴蝶小販。把竹子削得極為細長，頂端黏上紙製蝴蝶，放進竹管內，把竹管朝下，蝴蝶會飛出，再把竹管朝上，蝴蝶會停在竹管口。蝴蝶小販通常戴簑笠，胸口掛著箱子，裡面裝商品，手持二、三根蝴蝶竹管。大阪、京都沒這種生意，僅限江戶有。

◎菓子屋：點心鋪。圖這家「御果子所　舟橋織江」在江戶很有名，賣的是日式點心。

國家圖書館出版品預行編目資料

半七捕物帳——妖狐傳 / 岡本綺堂作；
三谷一馬 繪；茂呂美耶譯
初版一刷. 臺北市：遠流，2007[民96]
264面；15×20公分. ——(岡本綺堂作品集；12)
ISBN 978-957-32-5964-0（平裝）

861.57 95024091

岡本綺堂作品集⑫
半七捕物帳——妖狐傳

作者 岡本綺堂
繪者 三谷一馬
譯者 茂呂美耶
責任編輯 吳倩怡
特約編輯 葉凱翎・陳重亨・陳珮真
美術編輯 吉松薛爾

發行人 王榮文
出版發行 遠流出版事業股份有限公司
100 台北市南昌路二段八十一號六樓
電話 (02) 2392-6899
傳真 (02) 2392-6658
郵政劃撥 0189456-1
香港發行 遠流（香港）出版公司
香港北角英皇道三一〇號雲華大廈四樓五〇五室
電話 2508-9048
傳真 2503-3258
法律顧問 王秀哲律師・董安丹律師
著作權顧問 蕭雄淋律師
製版印刷 博創印藝文化事業有限公司

初版一刷 2007年1月15日
行政院新聞局局版台業字第1295號
定價 新台幣260元・港幣87元
若有缺頁破損，請寄回更換

ISBN 978-957-32-5964-0

遠流博識網
http://www.ylib.com
e-mail: ylib@ylib.com

日本濃厚通訊 http://blog.sina.com.tw/koi_koi_koi/

刻